天星诗库·新世纪实力诗人代表作

异乡人

沈苇 著

沈苇诗集 1990—2019

山西出版传媒集团 北岳文艺出版社
BEIYUE LITERATURE & ART PUBLISHING HOUSE
·太原·

图书在版编目(CIP)数据

异乡人：沈苇诗集 / 沈苇著．— 太原：北岳文艺出版社，2020.6

ISBN 978-7-5378-6195-3

Ⅰ．①异… Ⅱ．①沈… Ⅲ．①诗集—中国—当代 Ⅳ．① I227

中国版本图书馆 CIP 数据核字（2020）第 061123 号

异乡人——沈苇诗集

沈苇 / 著

//

著者
沈苇

出品人
续小强

策划
左树涛

责任编辑
左树涛

封面绘图
陈兰茜

书籍设计
张永文

印装监制
郭勇

出版发行：山西出版传媒集团 · 北岳文艺出版社
地址：山西省太原市并州南路 57 号　邮编：030012
电话：0351-5628696（发行部）　0351-5628688（总编室）
传真：0351-5628680
网址：http://www.bywy.com　E-mail：bywycbs@163.com
经销商：新华书店
印刷装订：山西人民印刷有限责任公司

开本：787mm × 1092mm　1/32
字数：181 千字
印张：6.75
版次：2020 年 6 月第 1 版
印次：2025 年 1 月山西第 2 次印刷
书号：ISBN 978-7-5378-6195-3
定价：59.80 元

目　录

第一辑　尘土与坦途

第二辑 数一数沙吧

第三辑　异乡人

第一辑　尘土与坦途 |

一个地区

中亚的太阳。玫瑰。火
眺望北冰洋，那片白色的蓝
那人傍依着梦：一个深不可测的地区
鸟，一只、两只、三只，飞过午后的睡眠

1990 年

滋泥泉子

在一个叫滋泥泉子的小地方
我走在落日里
一头饮水的毛驴抬头看了看我
我与收葵花的农民交谈
抽他们的莫合烟
他们高声说着土地和老婆
这时，夕阳转过身来，打量
红辣椒、黄泥小屋和屋内全部的生活
在滋泥泉子，即使阳光再严密些
也缝不好土墙上那么多的裂口
一天又一天的日子埋进泥里
滋养盐碱滩、几株小白杨
这使滋泥泉子突然生动起来
我是南方人，名叫沈苇
在滋泥泉子，没有人知道我的名字
这很好，这使我想起
另一些没有去过的地方
在滋泥泉子，我遵守法律
抱着一种隐隐约约的疼痛
礼貌地走在落日里

1990 年

开都河畔与一只蚂蚁共度一个下午

在开都河畔，我与一只蚂蚁共度了一个下午
这只小小的蚂蚁，有一个浑圆的肚子
扛着食物匆匆走在回家路上
它有健康的黑色，灵活而纤细的脚
与别处的蚂蚁没有什么区别

但是，有谁会注意一只蚂蚁的辛劳
当它活着，不会令任何人愉快
当它死去，没有最简单的葬礼
更不会影响整个宇宙的进程

我俯下身，与蚂蚁交谈
并且倾听它对世界的看法
这是开都河畔我与蚂蚁共度的一个下午
太阳向每个生灵公正地分配阳光

1992 年

向　西

向西！一块红布、两盏灯笼带路
大玫瑰和向日葵起立迎接

向西！一群白羊从山顶滚落
如奢侈的祭品撤离桌台

向西！脸上昼夜交替
一半是冰，一半是火，中间是咬紧的牙

向西！沙漠傍依天山
像两页伤残的书简

向西！姑娘们骑上高高的白杨
留下美丽的尸骨，芬芳袭人

向西！坟茔的一只只乳房
瞄准行走的风景

向西！众鸟高过大地
翅膀如金属叶片撒满山谷

向西！公马脱去皮肤、血液、骨头
留下一颗闪电的心脏，奔驰

向西！寒风吹向无助的灵魂
那姗姗来迟的援军名叫虚空

向西！孤身上路，日月从口袋掏出
像两只最亮的眼睛高高挂起

向西！鼓点咚咚，持续到天明
赴死的死亡迎向蜃楼奇景

向西！昆仑诸神举起荒路巨子
啜饮他并造就他

1994年

哀　歌

——悼念“一二·八”克拉玛依特大火灾中死难的学生

孩子，这个冬天的大雪
无法覆盖大地的悲恸
寒风，吹向众人骨头里的震颤
失血的天空布满冒烟的亡魂
和因恐惧而瞪大的眼睛

孩子，生命戛然而止，像急刹车
在悬崖边丧失惊叫和呼救
灾难，从一朵小小的火花开始
就像历史，时常由于某一闪念
改变方向，踏上另一条道路

孩子，你们将火焰抓得那么紧
仿佛火焰是唯一突围的小径
三百童男童女，灾难中的兄弟姐妹
手拉手，火光照亮最后的纯真
火光将生的盛开推向死的绝密

孩子，当你们在火中安息
小小身躯由歌声和灰烬护送、远去
当活着的人一如既往活着
怀念、哀悼、落泪，被遗忘笼罩
请问，死者是否宽恕了生者？

1994年

鼓。颂辞

一

在荒凉的西部，鼓声灿烂
催醒春天和夏天，使玫瑰开放
公牛雄壮，母牛奶水充沛

鼓声灿烂，村庄微颤
行人驻足、感动、落泪
葡萄架下的少女青涩、起舞

二

鼓：一个地区的心脏
向着世界的荒原深处呼唤
突围啊突围，日子在突围
美在突围，如羊群
尾巴着了火

它接受至高的派遣，俯身大地
将生的秘密洞察，一一点破

三

反穿兽皮的鼓。每一个鼓上

都有一个动物的亡魂
每一个鼓上，都有一个紧张的时代
它自成一体并自圆其说
四周风景委身于它

一个微型广场，牺牲之花怒放
一明一暗两张面孔，冰火交加
逼向绝境，逼向起死回生之路

四

它被沙尘击打，独自迎向
星光黯淡的午夜
对世界有所侦察，略知一二

它滚向人群，吃掉天才的鼓手
发疯，爆炸，精疲力竭
如一件用过的祭品，埋进沙漠

五

鼓之上，赤足披发的精灵在舞蹈
奋力一跃，迎向空中繁星

鼓之上，夜闪开
为黎明让路

1994 年

楼　兰

一

丝绸之路：阳光劈开的石榴
颗颗飞翔的心脏埋入黄沙
心脏要开花——

是思念与想象之花开向荒漠甘泉
活着是湿润的，而死去的文字爬满楼兰
在布片和断木上干枯地安息
头骨的酒杯，仍在风中传递

泥塔高筑。一个器皿中时光难辨
三只奶羊围向红柳的摇篮
摇篮里美丽的弃婴，名叫楼兰

二

坐在荒野，星光和月光低声嘀咕
青杨的守卫、黄羊的凝望
盐泽的反光照见高头大马

灯盏亮了，罗布泊的大路通四方
楼兰的火、楼兰的粮

楼兰美酒迎远客，一路风尘到雅丹

雅丹的城啊，敞开的蜃楼
国王的灯盏怀抱中，国王的火种撒边疆
高高祭台下，七个女儿舞蹈到天亮

三
鼓声咚咚沐浴朝露的楼兰
黑发披身双眸明亮的楼兰
兽裘为衣天鹅为伍的楼兰
头枕白雪脚踩黄沙的楼兰
天使飞临赠予双翼的楼兰
策马奔走驰骋荒原的楼兰
人烟断绝逃出楼兰的楼兰

四
楼兰的玫瑰开了
楼兰的天空亮了
楼兰的葡萄酿美酒
楼兰的女儿要出嫁

楼兰的玫瑰开了
楼兰的天空亮了
楼兰的庭院铺大麦
楼兰的女儿摘葵花

楼兰的玫瑰开了
楼兰的天空亮了
楼兰的沙土埋尸骨
楼兰的女儿登天堂

五

帛道漫长。一个飞翔的名词将我们击中
升起的头颅、炽热的目光
血液和心脏，向着楼兰的方向

黄昏沉落，灭顶的狂欢在逃亡
沙从天空倾泻而下，覆盖了楼兰
楼兰楼兰，你正隐身于哪一个时空
向着我们神秘地微笑？

破碎的花瓶、散开的木简，被风带走
挽歌之手抚摸楼兰的荒凉
哦，楼兰，思念与想象能否将你复活？
楼兰楼兰，难道你只是一个幻影
一声废墟中的轻叹？

1996年

沙漠的丰收

雨水落进了沙漠
阳光落进了沙漠
大雪落进了沙漠，一年尽了
春夏秋冬，时间的四只鞋子
穿旧了，落进了沙漠

飞鸟落进了沙漠
云朵落进了沙漠
空酒杯落进了沙漠，盛宴散了
一本天书，被众神读完了
散开，落进了沙漠

是寂静落进了寂静，发出一点
轻微的响声，像大地最后的叹息

1996年

坠　落

一个厌世者，在九层住宅的楼顶
选择了坠落——
第九层，一个老头被牙痛折磨得死去活来
第八层，烟雾缭绕，一桌人昏天黑地搓麻将
第七层，一对情人在摇滚乐中疯狂做爱
第六层，秃顶的暴发户呵斥农场来的保姆
第五层，小媳妇抹口红，忽然神秘一笑
第四层，厨房飘香，美酒摆好，客人将至
第三层，主人不在，小猫饿得喵喵乱叫
第二层，摇篮曲，满月的婴儿睡着了
第一层，书房里，诗人苦思冥想着“生”……

一个厌世者，在他落地的一瞬间
没有人看见他，世界也没有什么变化
水泥地面上，如同一朵鲜花的突然盛开
惊起一些尘埃、几只觅食的鸽子

1997 年

克制的，不克制的

在沉寂和安详中度过一些时日之后
在游历了沙漠并拥有一张沙漠的床榻之后——

你是一座干燥的四面漏风的葡萄晾房
而心依然挂在体外，任凭风吹日晒
像一件苦行僧的袈裟，破烂不堪
会的，会有一件新的袈裟、一颗新的心
这是你向尘世最后的乞讨
这是时光屈辱的奖赏

你感到存在一个可能的边境
一座中国的长城、一堵耶路撒冷的哭墙
哭吧，坍塌吧，墙——
泪水浮起石头、砖块，像浮起轻盈的羽毛
一个可能的边境也可能是不存在的

像夜，漫无边际地荡漾开去
夜是液体的，在头盖骨的酒杯中晃动
闪烁着往昔岁月幽微的磷光
尽管灵魂修修补补，但足以自成一个国度
你体内的蛮族在睡梦中醒着

擦着弓箭，试探着陌生的寒冷的疆土
呼啸的马头像一把斧子
将你一劈为二：克制的，不克制的

1998 年

运往冬天

送走金银花之夏，安置好紫葡萄秋季
我们运送一些紧急物资去冬天——
十卡车面粉，十卡车土豆
十卡车大葱，十卡车盐巴
十卡车煤炭木柴
十卡车牛头羊骨
十卡车歌舞
十卡车烈酒
十卡车婴儿的泪水去加工钻石
十卡车老人的叹息去做成棉被
……还有，路上捡到的一句话——
“要有一种疯狂点燃远方。”
或者
“必须爱上寒风的刀和鞭……”

1998年

苏　醒

太久地沉湎于自己
一只云雀提醒我的孤陋无知
让我闻一闻嫩草的气息
摸一摸婴儿的笑脸吧
人们脱下厚厚的冬衣
小口饮用阳光的甜橙汁
这些融雪后尘土飞扬的街巷
发蓝的圣寺，异族店铺，印度香
马车载来一群年轻的乡村鼓手
他们四溢的激情、火热的目光……
我要扑向他们的旋律
追随他们歌中的骏马、勇士
要拆除一身的墙、瓦、门、窗
我站立的地方变得丰盛广大
世界是我苏醒的身体的一部分

2000年

阳台上的女人

在干旱的阳台上，她种了几盆沙漠植物
她的美可能是有毒的，如同一株罂粟
但没有长出刺，更不会伤害一个路人
有几秒钟，我爱上了她
包括她脸上的倦容、她身后可能的男人和孩子
并不比一个浪子或酒鬼爱得热烈、持久
这个无名无姓的女人，被阳台虚构着
因为抽象，她属于看到她的任何一个人
她分送自己：一个眼神、一个拢发的动作
弯腰提起丝袜的姿势，迅速被空气蒸发
似乎发生在现实之外，与此情此景无关
只要我的手指能触摸到她内心的一点疼痛
我就轰响着全力向她推进
然而她的孤寂是一座坚不可摧的城堡
她的身体密闭着万种柔情
她的呼吸应和着远方、地平线、日落日升
莫非她仅仅是我胡思乱想中的一个闪念？
但我分明看见了她，这个阳台上的女人
还有那些奇异、野蛮的沙漠植物
她的性感，像吊兰垂挂下来，触及了地面
她的乳房，像两头小鹿，翻过栏杆

她的错误可以忽略不计
她的堕落拥有一架升天的木梯
她沉静无语，不发出一点鸟雀的叽喳
正在生活温暖的巢窝专心孵蛋
或者屏住呼吸和心跳，准备展翅去飞

2001年

吐峪沟

峡谷中的村庄。山坡上是一片墓地
村庄一年年缩小，墓地一天天变大
村庄在低处，在浓荫中
墓地在高处，在烈日下
村民们在葡萄园中采摘、忙碌
当他们抬头时，就从死者那里获得
俯视自己的一个角度、一双眼睛

2003 年

无名修女传

——悼洛维莎·恩娃尔①

在流水混浊的库车河畔
你有一座悬浮的基督教堂
大地布满清真言的呢喃
你的教堂失去基石，找不到一个园地扎根
它空寂轻盈，像克孜尔千佛洞的飞天
似乎要弃绝尘寰，拂袖而去

衰落的佛都、凋零的曼陀罗花
喧嚣的巴扎和尘土飞扬的乡村
你见过全身爬满虱子的乞丐、流浪汉、麻风病人
身披铁链的苏菲教徒漫无目的地走动
枯瘦的病孩捂在牛粪中取暖
呼天抢地的妇女诅咒着老天
你，一个异乡人，褐色瞳仁燃着爱与怜悯
但没有一个人愿意追随你心中的圣灵
人们在自暴自弃中与世隔绝，远离福音

---

① 洛维莎·恩娃尔（1865—1935），瑞典女传教士，20世纪初曾在新疆库车、沙雅等地传教22年，但传教无果，主要是治病救人。1935年10月16日死于还乡途中，葬在莫斯科新圣女公墓。关于她的情况，仅在贡纳尔·雅林的《重返喀什噶尔》和斯文·赫定的《亚洲腹地探险八年》中有零星记载。

这些吐火罗人的后裔有自己的享乐哲学
曾在长安开设妓院，贩卖舞女、侏儒、孔雀
如今加倍迷恋杏花、斗鸡和酒窖

整整二十年，是你失败的传教生涯
整整二十年，你终于找到一个虔诚的信徒：
一只波斯猫、一个孤独的弃儿
每天昏暗的油灯下，你为它朗读《圣经》
黑夜里，你与它对视着，对视着——
几乎看到了它前世高贵的灵魂……
整整二十年，隔绝的生活教育了你
你，上帝的新娘、龟兹的观音
变成了一名赤脚医生、一名衣衫褴褛的老护士
你拖着衰老的身躯奔走、忙碌
药箱里装满纱布、紫药水、阿司匹林
全身散发医院和药铺的气息
但药品总是不够，总是追不上疾病的步伐
你献出自己、提炼自己、浓缩自己
将自己变成一粒小小的药丸

七十岁，你孤零零的慈航就要结束了
一次又一次，夕阳将灰烬倒入熄灭的库车河
圣寺的葬礼上人们在祈祷
听不见儿时唱诗班稚嫩的童音
你多么渴望一个综合的上帝、人类的上帝

但看出去的世界陌生、凄冷而遥远
在寒噤中，恐惧像一场致命的疾病
突然抓住了你。——你逃也似的离开了库车
离开了中亚这个无边的大墓园——
在塔什干到莫斯科的列车上
你气息奄奄，像一盏油灯就要燃尽：
“上帝啊，让火车跑得更快些吧，
将我葬在故乡，葬在瑞典的山岗！”

2003年

沙漠，一个感悟

沙漠像海：一个升起的屋顶
塞人、蒙古人、突厥人、吐火罗人
曾站在那里，眺望天空

如今它是一个文明的大墓地
在地底，枯骨与枯骨相互纠缠着
当他们需要亲吻时
必须吹去不存在的嘴唇上的沙子

风沙一如从前，吞噬着城镇、村庄
但天空依然蓝得深不可测

我突然厌倦了做地域性的二道贩子

2003 年

废　墟

人哪，当你终于懂得欣赏废墟之美
时间开始倒流
向着饱满而葱郁的往昔

人哪，当你老了
会像一间老屋倒塌、消失
你步履蹒跚，如同婴儿学步
不知是在走向摇床还是墓地

看哪，枯树也在春天重整旗鼓
一座废墟渴望成为一座完整的建筑
一座宫殿、一个王国
一个传奇——又一次一千零一夜的开始

听哪，亡灵们已开始劳作
以木乃伊的身份，在沙漠中奔走、呼号：
“我的血，我的肉，我的家园，在哪里？”

2003 年

占卜书（仿敦煌文书）

一

人说，我是白花斑隼
来自一张毁掉的花毯
丢了婚戒，羽毛也掉了一半
我卧在香树上高兴
……你们要这样知道

二

人说，老太婆梦见红发暴君
在沙漠边养一百只黑猫为伴
她的屋顶被风掀掉了
她的馕吃完了
她留在家里，舔油勺子的边
活了下来，脱离了死亡
……你们要这样知道

三

人说，乌鸦的翅膀遮住了天空
老鹰只好去地上散步
吃了玉米、田鼠，又吃掉了孩子
这是老鹰替乌鸦犯的罪

你们要把乌鸦绑在树上
牢牢地绑，好好地绑
……你们要这样知道

四

人说，我是伸懒腰的老虎
我的头在荆棘丛，斑纹在光焰里
我打着哈欠，得了点伤风感冒
但我英武，勇敢，色彩斑斓
犹如火焰的雕像、黄金的灰烬
……你们要这样知道

五

人说，天上有雾，地下有土
小鸟飞着飞着，迷了路
孩子走着走着，丢失了
他的母亲哭瞎了一只眼
老天保佑！第七年又在喀什噶尔相见了
他带回一位撒马尔罕的新娘
大家看了都高兴，都哭
就喝穆赛莱斯，围着一堆火跳舞
……你们要这样知道

2003年

美　人

香獐子窃取她秀发的芬芳，
在于田酿成麝香。
——鲁提菲《格则勒》

她配作一名时光的妃子
在时光熄灭之后，她仍是一轮美丽的新月
她睫毛浓密的甜蜜眼睛，像深潭
淹死过几个朝代的汗王、乐师和小丑
为了她脸颊上的一颗美人痣
多少人神魂颠倒，掏出烧毁的心

像野生的精灵，她散发膻腥
这是羊奶和驼奶造成的
要把她放在玫瑰花液里浸泡三次
要把她种植到旷野上去，在尘土中开放
她只是一株无辜的迎风招展的沙枣树
那好闻的芳香总是令人感到头晕

她的芳名像一首木卡姆在人间传播
每个人用自己的梦想和欲望将她塑造

然而这一切与她无关，更像一场误会
她依然是一位牧羊女、一个樵夫的女儿
没有人知道她内心的隐秘、她乳房的疼痛
没有人能进入她日复一日的孤寂和忧伤

她的美带点毒，容易使人上瘾
她是柔软无力的，在风暴的争夺中哭泣
一束强光暴徒般进入她身体，使她受孕
她抵抗着，除了美，不拥有别的武器
美是她的面具，她感到痛苦无望的是
她戴着它，一辈子都摘不下来

2003 年

墙是不存在的

“墙是不存在的。”他说
它既不是透明，也不是潜在的障碍
它只是一种不存在
——在时间中，他与不存在的事物搏斗过

现在，他的心灵有了一点辽阔
却感到自己的无知在放大
群鸟飞越边境，来自深不可测的国度
无国籍的绵羊无目的地漫游
青草点燃远方绵延疯狂的山坡

他的视野打开沙漠：另一个海
枯死的胡杨犹如沉船的桅杆孤耸着
他想起三千年前的北欧海盗
在大海上驰骋、劫掠，如履平地
却在黄金般的亚洲沙漠搁浅

他的一生也搁浅在那里
正以潮湿的方式进入干旱和坚硬
“年轻时以沙漠为情人，老了以大海为新娘。”
在无休止的动荡和漂泊中

他的激情缘于血液中不灭的火种
而家园，只是外在、多变的显现

现在，他心房一侧又长出了一颗心
仿佛为了成就一种对称、一个法则：
道德，对道德的嘲讽
自我，对自我的质疑
现实，对现实的背叛
“你左边的心只为一个人珍藏，
右边的心要献给更广大的世界……”

2003年

雪 后

一切都静寂了
原野闪闪发光，仿佛是对流逝的原谅

一匹白马陷在积雪中
它有梦的造型和水晶的透明

时光的一次停顿。多么洁白的大地的裹尸布！
只有鸟儿铅弹一样嗖嗖地飞

死也是安宁的，只有歌声贴着大地
在低声赞美一位死去的好农夫

原野闪闪发光。在眩晕和战栗中
一株白桦树正用人的目光向我凝望

在它开口之前，在它交出体内的余温之前
泪水突然溢满了我的双眼

2003年

喀什噶尔

“书面的美最难企及，
无论呕心沥血的人力，
还是自然的鬼斧神工。”
你说，拨亮羊油浸泡的灯捻
转身消失在一本积满灰尘的书里
留下自己的名字：马赫默德·喀什噶里
玉素甫·哈斯·哈吉甫……或者别的什么
或者不署名，就像一株葱郁的树
增加或减去一片叶子
都不损害树的灵魂

“书面的美是一座麻扎，
在静静消化‘死’这个词。”
守墓人！你与文字间游荡的亡灵对话
深知伟大的书取缔作者
取缔他的生平、简历和传记
翻到十一世纪幽蓝的一页
突厥语、波斯语、阿拉伯语
交换内在的信物和光芒
正如小径交叉的喀喇汗花园
慷慨的百花交换各自的芬芳

你谈到封存的智慧、书中的天窗
破晓的一千零一夜——
“在喀什噶尔，我热爱的城，
皇家经学院的诵读声
使庭院里的石榴树一夜无眠……”

2005 年

叶尔羌

在贫乏的日子里他写下一行诗
最好是两行，搀扶他衰老的智慧
再向前迈出踉跄的一步
使结冰的情欲，再次长出炽热的翅

他吟咏玫瑰、新月、土陶、美酒
将破碎的意象，重塑为一个整体
欧玛尔·海亚姆，鲁米，他的导师
一个流亡的苏菲，他走散的兄弟
享乐与忧伤，行动与虚无
一再点燃他的青春主题

在叶尔羌花园，在一张飞毯上
他写下——
“心里装满忧伤的人是多么孤独啊，
他最终会死在爱的火山间。
曾有人死在姑娘的两条辫子上，
也可能死在诗人的两行文字间。”

一再失去的
是他取自琴弦的旋律和韵脚

一再失去的，是他在丝绸与道路
美玉与躯体间寻找的比喻
还有他在麦盖提爱过的樵夫的女儿
落日余晖抹杀她的荒原野性
她的美貌，如今是面纱后
不可揣度的禁忌和谜语

十六世纪快过去了
天空蓝得像麻扎上镶嵌的琉璃
岁月疯长的荆棘逼他写下心平气和的诗
如果诗歌之爱
不能唤醒又一个轰响的春天
他情愿死在
叶尔羌一片薄荷的阴影下

2005年

罗布泊

游移的湖——
被大沙漠和孔雀河控制的命运
它的暧昧、它的闪烁

沙漠中的一滴，曾包容海
包容瀚海的辽阔、壮美
一个珍稀的词，在凋零之前
占有水的反光、盐的反光

游移的湖——
它的波澜、它的长叹
它的水面曾倒映伟大的楼兰
那消失的一滴却不再回来
罗布泊在死去
移居一个垂危的词中
—— 一具词的空壳

它的死亡
是道路、城池、驿站在死去
是胡杨、芦苇、果园、麦田在死去
是死去的沙漠再死一次！

是时光的一部分、我们的一部分
在——死——去——

游移的湖——
不再游移，不再起伏、荡漾
沙漠深处的走投无路
大荒中的绝域
留下一只沧桑、干涸的耳轮

—— 我们倾听的耳朵也可以关闭了

2005 年

楼兰美女

死亡是一种隐私
我们却将她公之于众
死亡是一种尊严
我们却在她身边溜达
嘀嘀咕咕、指指点点

如果我能代表盗墓贼、
考古队员和博物馆
那么，我将请求她的原谅
原谅人类这点
胆怯而悲哀的好奇心

我无法揣度她的美貌
也不能说，她仅仅是一具木乃伊
如果我有一辆奇幻马车
就将她送回沙漠，送回罗布泊
在塔克拉玛干这个伟大的墓地
让她安息，再也不受
人类的惊扰和冒犯

死亡是她的故乡、她的栖息地

我们岂能让她死后流落他乡？
岂能让美丽的亡灵继续受苦？

她的无言就是告白
她的微笑使我敬畏
因为我知道，她精通死
胜过我们理解生

2005 年

谎歌（仿哈萨克歌谣）

一

骑着旱獭去漫游

剥了张蚊子皮做大衣

领着沙狐、野兔去戈壁滩

玩七天七夜，我回来了

二

夜里喝醉酒，走路腾云驾雾

一不小心将月亮撞了个缺口

要用奶皮子把缺口补好

才能安心去睡觉

三

火鼠在火中叫冷

水鸟在水里喊渴

葡萄吊死在葡萄树上

嘴唇凋零在百花丛中

四

好年景啊，冰湖上牧羊

沙漠里种麦，雪地里栽瓜

塔尔巴哈台的奶酪堆成山
伊犁河谷的蜂蜜流成河

五

高山上开的花儿美
牛粪火烤出的馕饼香
冰块当炭，越烧越旺
泉水点灯，毡房亮堂

六

旷野上铺餐布
一千人吃不完一个烤包子
阿肯家设宴
一个人吃掉九只烤全羊

七

阿吾勒的集市热闹
村庄里的男女倾巢
卖掉黑夜，运回一车晨雾
卖掉一个老魔鬼，换回几个小妖精

八

乌鸦聒噪，唱歌三天三夜
喉咙里飞出破嗓子
云雀只唱一句，醉倒一对男女

骨碌骨碌滚下山

九

一匹马跑得太快

甩掉一道追命的闪电

一个人死得太慢

胡子长成拖把游走草原……

2005年

一张名叫乌鲁木齐的床

一张名叫乌鲁木齐的床
那位白发苍苍的保姆：博格达峰
至今认为，在床上睡去、醒来的
仍是“美丽牧场”时期的羊群

像羊群，人们游移闪烁的梦境
隔着一座绵延千里的天山
那些不被认识的心灵
是另一些心灵的长夜
只有梦中的呢喃、酒后的醉歌
像内心的表情，无须翻译

睡去，然后醒来
甚至抓住一缕晨光登上了天山——
一张吱嘎作响的床：乌鲁木齐
漂泊在雪山与沙漠之间

2006年

秋　风

秋风啊
让一片落叶
去认识你的浩荡
让一株枯草
怀着肝胆欲裂的爱!

青铜般的
从群山中升起悲怆的马头
前额的停顿
几乎拯救了落日

青铜般的：死亡，进程
遗弃的大地上
有一个沉默的现实
在时日的余晖中
放大了——

一个老人的悔恨、哭泣
一种残余的道德远景

2006年

达浪坎的一头小毛驴

达浪坎的一头小毛驴
吃一口紫花苜蓿
喝一口清凉的渠水
满意地打了一个喷嚏

它，在原野上追逐蝴蝶
沿村路迈着欢快的舞步
轻轻一闪
为摘葡萄的三个妇女让路

达浪坎的一头小毛驴
有一双调皮孩子的大眼睛
在尘土中滚来滚去
制造一股股好玩的乡村硝烟

它，四仰八叉，乐不可支
在铁掌钉住自由的驴蹄之前
太阳照在它
暖洋洋的肚皮上

2007 年

在奥依塔克冰上行走

在奥依塔克冰上行走
死去的火山迁徙至我脚下
莫非是灰烬爱上了冰
化为一次无言的绝唱
而我，爱上了
群山中的这个凹地

冰舌垂落、延伸
品尝碎石和泥沙
废弃的空无一人的舞台
冰与火曾经的狂欢节
那壮丽一刻我未曾目睹
只有蛮荒的缄默
现在是接待我的主人
那胸怀、仪表
一种坦荡的空旷……

凝固了，这冰与火的混溶
爱的烈焰中的死去活来
凝固了，时间与空间的肉搏
化为群山中静默的同在

青灰色河流缓缓流过
如同停滞不前的水泥
在提醒世界的一种终结
抬眼望去——
月牙形山梁上的托热瀑布
也似乎静止不动了

奥依塔克：群山中的凹地
一个高原襁褓，土库曼摇床
用来迎接一个人的孤旅和新生
我向着阿依拉尼什冰山行进
如同一名远道而来的朝圣者
五体投地，匍匐冰面
而冰山巨型的白色宫殿
徐徐升起——
它是，也一定是
心灵和自然共同建造的圣寺
继续超然于时空之外

2007 年

红其拉甫的孩子

睡吧，红其拉甫的孩子
积雪的山岗、瓦蓝的苍穹
一个帕米尔襁褓
正好安放你的睡眠和枕头

要不，在五千米高处腾云驾雾
在蓝天的被窝里露出一角微笑
却睁眼看见了头疼欲裂的世界
睡吧，红其拉甫的孩子
让白日梦珍藏起你的天真无辜
也治疗你降临人世的伤和痛

山道蜿蜒。瓦罕走廊的风
送来一支阿富汗摇篮曲
金色旱獭睡意正浓
鸟儿在你梦里继续赶路
睡吧，红其拉甫的孩子
让你的睡眠，瀑布般垂落
漫过冰凉阳光下的克什米尔

睡吧，红其拉甫的孩子

靠着大雪纷飞的巴基斯坦

你怀抱自身小小的火炉

一点点暖和过来了——

请用睡眠，向帕米尔每一株小草

每一块石头，祝福、致意！

2007年

大盘鸡店

菜谱上公鸡啼鸣
召来花椒、辣皮、大蒜、洋葱
做歌声的调料

被岁月毁坏的嗓子没有歌
被烈酒毁坏的男子落了魄
丑妞为伴，三杯下肚
被当成了仙女下凡
也就是说：东施进来，西施出去

也就是说，鸡有时是凤
凤，有时变成了鸡
二者间没有根本的区别
因为，人间这些迷茫的翅膀
扑棱扑棱——
就混为了一团

瞧，穷人的美食店里
挤满了太多的富人
他们吃过抽象的凤
如今爱上了具体的鸡

低头，细啃鸡头、凤爪
看起来有些愧疚的样子
好像是被一只远方的凤凰
流放到了大盘鸡店

2008年

闪闪发亮的正午

闪闪发亮的不是正午的大地
是正午的暗：被遗忘的乡村
孤零零几间房子被随意摆布
尘土遮蔽的事物多于阳光的覆盖
阳光投下的阴影里，有记忆的喘息
白杨树荫下，凉风终于占有了
小小地盘，一条流浪狗眸子里
倒映着村舍、旷野、远山
以及一个明晃晃的虚空的正午

闪闪发亮的不是正午的大街
直行的虚线，几何形和立方体的
堆砌，不能代表命运滑翔的弧
突然升起的窗户，向外、向内洞开
就像眼睛，向外看时，也在向内看
这精心编排的心愿的迷宫
住着世袭的茫然，如同一位女子
衣着华美，面容虚幻
懒洋洋走过正午蜿蜒的小巷
她情欲的曲线，在默默拐弯……

别再问是什么事物在闪闪发亮
被正午放大的寂寞与惆怅
囤积此地、他处。那无法眼见的
越是飞速流逝的，越在闪闪发亮

2008年

致克里娜·德贝纳

亲爱的博士，关于旅行
你有着与众不同的看法
“空间是一种暗、一缕幽光，
只是为了显现时间隐藏的真容。”
所以旅行过去和旅行未来
相聚，回到了旅行现在
就像我们在塔里木盆地的漫游
被烈日驱赶到和田的一株白桑树下

二十年前你闯进了塔克拉玛干
那时你还只是一位小姑娘
在圆沙古城，克里雅人的羊群
在废墟里寻找可能的牧草
他们的公鸡在胡杨树上司晨
母鸡在枝头筑窝、下蛋
“克里雅的鸡是哨兵，而山羊
纷纷长出智者的白胡须……”

你去过有一千口棺材的小河
枯死的胡杨，船形和桨形木柱
使你恍若置身大海的狂澜

你从流沙中挖出一具木乃伊男婴
他噘着小嘴，一副可爱的模样
仿佛死后仍在啧啧啧吃奶
在一个恍惚的瞬间，你感到了
乳房的疼痛，感到奶水
几乎要喷涌而出……

“每一个此刻，我感到自己
不断去向圆沙、小河……
每一次离开，我还在原处徘徊、眺望。
——另一个我从未离去！”
你感激：当自己还是一个小姑娘
就遇见了塔克拉玛干这位伟大的教父
你柔和的目光，贤良而开阔的母性
有了一种不同于他人的沙漠气质

你是克里娜·德贝纳，是戴寇琳
你有一门沙漠废墟里的考古学
也有一门新鲜的生活的考古学
在莎车，你送给我一张十九世纪的速写：
英国画家 R.B. 修尔的《叶尔羌的城墙》
我立刻领会了你的好意——
你是邀请我一起进入 1860 年的莎车
进入相传有一万座花园的叶尔羌古城……

2008 年

昭苏之夜

羊群释放的夜晚
一千只月亮释放的夜晚
现在，我的睡眠
有了一点昭苏草原的辽阔

消失的往昔、面容和传奇
一再释放着夜晚
不，不是离去者的眷恋
而是从未离去的在场者的照料
展开了我的草原之夜——

葱郁的夜，它在唤醒
一个襁褓中的呼吸和心跳吗？
静卧的远山、大地的枕头
我有绵延不绝的安宁
我有梦的果实、月光的占卜书

在寂静深处，再也没有死亡了
只有几缕有关死亡的呢喃
消失的面影、游牧的世代
梦中醒来的昭苏风景
像种子，在夜的唇间静静发芽

2008 年

喀纳斯颂

如果人群使你怯步，
不妨请教大自然。
——荷尔德林

一

喀纳斯，当我轻声念诵你
盛大的风景转过身来——
如同仁慈目光下的一个襁褓
再一次，将我轻轻托举、拥抱
风景的爱意，被风景的四季承继
在自然的心情和表情中绽放
在喀纳斯摇床上，我愿变成
景物中遗弃的婴儿，用一声啼哭
去发言，去赞美、咏叹
去参与湖水的荡漾、群山的绵延
——风景俯下身，贴近我脸颊：
我啜饮它，也被它深深啜饮……

二

神迹隐匿，留下慷慨一滴

——圣水，还是精血？

没错，喀纳斯只是水的一滴
无边风景：群山、森林、
草甸、花谷……
是一滴水的延展、漫漶
是一滴水的书写、修订

它何尝不是卡在峡谷中的
一块惊人的翡翠？
流动的、液体的翡翠——
缓缓蒸腾的翡翠，浸染山峦
加速了白桦树液的流淌
在每天醒来的草尖上
颤动、滴落

……一滴水的圣地
山之阶梯上，风景朝圣者攀登
梦中的远方、虚构的画境
在越来越急促的呼吸中
展开可以呼吸的蓝——

仿佛他们爬山涉水
阅尽人间缤纷的画卷
只为了找到喀纳斯一页：

失落的神圣一滴!

三

用喀纳斯的一株牧草
看日落日升风景变幻

用喀纳斯的一棵桦树
脱去岁月沉重的衣袍

用喀纳斯的一朵野花
接纳瞬间的狂蜂乱蝶

用喀纳斯的一只虫子
爬过命运旋转的罗盘

用喀纳斯的一只小鸟
吃下苦涩或甜美浆果

用喀纳斯的一缕清风
传递世上美好的消息

用喀纳斯的一缕光线
缝补灵魂隐秘的伤口

用喀纳斯的一朵白云

擦亮内心蒙尘的镜子

用喀纳斯的一湖碧水
勘测随时间来的智慧

四

当你转过身来，面向敞露的风景
听到了风景深处的呢喃和呼唤
如同迷路的小鸟儿来到一座新森林：
云杉、红松、花楸、刺柏的迷宫
从枝头到枝头，跳跃、张望
又突然展翅，飞向一片光芒领地
——它的脖子酸了，心儿满了

心与物的交换，人与景的相处
这古老的关联、伟大的姻缘
在喀纳斯开辟了新的秘径：
瞧啊，被风景放逐的人归来了——
植物之神看护的家园依然葱茏
他们的影子，走进石头
影子的影子，吹送湖面
不是去葬送、祭献
而是一场真正白日梦的漫游……

五

被抑止的风景中的风暴
那安然若素的时光流转——

远去的英雄们的马群
蛮族之路上呼啸的上帝之鞭
喀纳斯驿站的遗民
耳畔至今回响隐约的马蹄声
一碗奶酒中有漂泊的毡房、宫帐
一块岩石记得草原巨子的凯旋

古老的迁徙
仍在摄影家镜头里继续：
红隼的飞翔遵循天空的路径
额尔齐斯河长调拐了个弯
像极北蝰，爱着丛林、湿地、
曲折的流水。哈萨克人
和他们的骆驼、马，在转场途中
羊群踩踏的尘土升起为路的炊烟……

阿尔泰，光芒万丈的史诗之山
难道只适宜一部《江格尔》传唱？
但突然，人的史诗
在大自然面前变成了短章
阿尔泰史诗，是山的史诗

石头的史诗、树的史诗
也可能是鱼的史诗：
一条哲罗鲑和它后代们的史诗

风景无言。它的无言是无言的收藏
群山无言。它的无言是无言的雄辩

六

让我写写图瓦人的木屋：
松木的香味拥有斜尖顶的造型
新鲜的木头骨架，裸露着
交给雨水、阳光，而缝隙
交给了苔藓谦卑的技艺

草地上的羊毛、苇席上的奶酪
木栅栏形同虚设，各家的门
随意敞开着——
仿佛在欢送一种忧愁的离去
迎接祖先们无时无刻地归来

人间的那缕炊烟也许足够
包尔萨克香味从木屋中飘出
像一群精灵，孩子们跑来跑去
捡拾松果，与狗戏耍
在透明的空气里，他们的眸子

像牛马的眼睛一样纯净、明亮

鹰的投影，一颗大地上游弋的痣
提醒时光的展翅而来、滑翔而去
一只黑鹳在屋顶的逗留
加剧了木屋的暗——
在日晒雨淋赐予它太多的暗之后
暗，就是时间的手迹、时间的原色——

图瓦人的木屋没有成为废墟
却有了黑钙土和腐殖土的颜色
一副岁月的骨架，交给了
岁月中静默的自然

七

林中

落叶铺了一地
几声鸟鸣挂在树梢

一匹马站在阴影里，四蹄深陷寂静
而血管里仍是火在奔跑

风的斧子变得锋利，猛地砍了过来
一棵树的战栗迅速传遍整座林子

光线悄悄移走，熄灭一地金黄
紧接着，关闭天空的蓝

大地无言，雪就要落下来。此时此刻
没有一种忧伤比得上万物的克制和忍耐

八

雪，落在喀纳斯

雪被楚尔的呜咽催生
飘落在西伯利亚泰加林
密密麻麻的琴键上

站立的琴键、陡峭的音符
适宜眺望季节的空旷
山巅孤寂的远方
湖面驶过运木头的卡车
在湖怪们似睡非睡的梦里
卡车是冰上滑翔的钢铁雄鹰
是鹰中的怪杰和传奇

雪，落在喀纳斯
一路飞奔的马爬犁
驮来烈酒和食粮
石头和鲜奶

朝着太阳的方向
一座升起的雪敖包上
有闭目养神的傲慢牛头

雪在开路——
沿着天空的迷魂阵
沿着大地上湮没的路
沿着寒风的刀、雪的尸骨
……

穿白大褂的空间拓荒者
万物重归处女地的圣洁、宁静
季节的停顿、风景的休憩
那默默无语又全力以赴的
自我治疗——

雪，落在喀纳斯……

九

新图瓦民歌

版本 A
在远方，我们有
自己的群山、木屋和炊烟
喀纳斯湖水是长长的歌

驼鹿的眼睛就像我的爱人
这安宁，有时绊倒死神的脚步
当云彩擦亮天空
爱人哪，我们就搬到天上去住

版本B
你用大碗奶酒将我灌醉
痴心的话儿装满了小小的木屋
流水唱着永不消失的歌
好像在祝福我们的生活
有你相伴，喀纳斯就是一方圣土
有你相伴，喀纳斯就是一个天国
……啊，我的爱人
你是我生命中的缰绳
拴住了我这颗野马的心

我在白桦树下吹起楚尔
爱情的花朵落在了你我心窝
当云彩擦亮了蓝蓝的天空
我们要相约到天上去住
有你相伴，喀纳斯就是一方圣土
有你相伴，喀纳斯就是一个天国
……啊，我的爱人
你驼鹿般明净的眼睛
有我生命中全部的安宁

十

风景的涅槃依赖季节的轮回
喀纳斯的春天是被歌声唤醒的
歌声沉寂，或歌声高翔
化为鸟儿醒来的一声啁啾……

在完成阳坡的工作之后
野卉们高举小小火把，齐声合唱
越过路面的残雪、冰渣
去阴坡继续编织柔情的花毯

被季节的轮子一路碾碎的薄冰
那看不见的车轮、冰的欢呼
响应湖面上蓝色图案的变幻
有时那图案，就像一个人
心潮起伏的脸谱

春雨的弹奏：一阵明媚、急促
的指法，山与山之间架设了彩虹
那七色音符气势恢宏的跨越
让日神的马车走走停停
长亭之后是短亭……

听哪，到处是春天的歌谣
新绿的树林、心灵的摇曳

一场大弥撒的华丽登场
而白桦树液的汩汩流淌
是一支新血液的歌谣

十一

需要一扇窗子
一扇面向喀纳斯的窗子
只是为了完成一次
平常的眺望

在那个瞬间
风景的浩荡倒映水中
湖光山色的变幻
正合我心意

窗子取缔我目光
替我面向喀纳斯风光
一门几何学的教诲
让我向外瞅
也向内看

让我静止在内心的房间
让我徘徊如自在之兽
当我来不及摇晃
整个世界已开始运动

那中了魔法的运动
好比心灵的分身术
渐渐显现了——
隐藏在无限风光中的
一架冉冉升起的
垂爱木梯……

十二

请黑琴鸡弹奏、岩雷鸟舞蹈
林蛙的家园雪水长流、清泉四溢
让哲罗鲑去穷尽幽深的水下森林
火焰草盛放于星光灿烂的夜晚
风景的盛宴，或许是繁星的一次莅临
就像我们在阿尔泰夜空所看到的
环绕喀纳斯星座的是闪闪发亮的词：
冲乎尔、贾登峪、禾木、白哈巴……
星子们的回旋，绕膝于一个光芒中心
汲取了永不枯竭的母性甘泉、星光甘泉
——喀纳斯不是别的，不是景色的大地
而是景色的星空：一个风景的宇宙

2008 年

有所思，在和田

有所思，在和田
石榴圆满，核桃树圆满
羊脂玉圆满，河道里大卵石圆满
孕妇圆满，孩子们眼中的蓝圆满

有所思，在和田
麻扎圆满，沙漠废墟圆满
尉迟乙僧失传的画作圆满
消失的尼雅、丹丹乌里克圆满

——不要惊扰了一朵玫瑰的开放
——不要惊扰了毛驴的小步伐
有所思，在和田
尘雾迷蒙了我的双眼
已有一百零一天
如果我化身为一粒尘埃
静静落在和田的葡萄树下
那么，我就是圆满

2009年

在夏特尕特牧场

她们在乌鲁木齐没有哭
在千里之外的阿勒泰
在夏特尕特牧场，当看到
牛羊在夕阳下缓缓下山
走向收割后的麦田
黄泥小屋前，葵花谢了
老奶奶和老爷爷坐在一起
其乐融融地聊天
两位好姑娘：小方和小晶
仿佛被什么击中，突然哭了
止不住地倾泻
积蓄了三个月的泪水

2009 年

一百米外的远方

已经没有多少土地可以种下死者
让他们在泥里发芽
头发像青草一样茂密地生长

已经没有一个吻
可以找到凋零的唇
死亡提前透支了它的温润

受伤的人来自远方
幸好，他们的骨头没有散架
幸好还有呼吸和室内的狂奔

一百米外的……远方
是千丝万缕的他人的生活
是你领域内的
泪水和毁灭，暴戾和死亡

一百米外的……死亡
像果子，滚向生活的暗角
那里，黑夜一再经过
星光留下惨白的鞭痕

那里，死亡那边生长的事物
真切如亲人们的叹息，参与了
你的梦境，你静默的现在时

2009 年

第二辑　数一数沙吧

细君公主

今夜，月亮在你左上方
再低一点，就变成你清冷的耳坠
毡房之上，穹庐之下
月亮比故乡那轮更圆、更亮
一种圆而亮的寂寞
压住你断断续续的梦境
梦中传来江南丝竹、吴侬软语
有时夹杂着年迈父亲的咳嗽
膻腥丈夫，睡得像头公牛
在梦里哼着呼麦和谣曲
用故乡的丝绸裹紧你的孤单
却抵御不了边塞的严寒
绢道尚未诞生，戈壁满目凄然
去向西域的路由泪水铺就
后来是落叶纷飞，挥霍金黄
后来是雪花飘扬，倾泻惆怅
天边外，比远方更远的异乡
月亮在上，今夜格外漫长
乌孙白雪的光芒爱着你
草原瑟瑟发抖的枯草爱着你
羊和马用婴儿的眼睛爱着你

远方的爱，像祭神的奶酒
狂放的宴席，与你无关
你的爱，已经死了
死在被剥夺的那一刻
死在含苞未放的少女时代
在向故乡交还一把枯骨之前
你决定让自己变得更细、更瘦
好配得上这个单薄的名字：细君
好让祈愿中的黄鹄从天而降
在它刮起的一阵风里
你像落叶和游魂，被托举
你要施展乌孙骑术，轻盈飞翔

2010年

我已经遗忘

我已经遗忘
春天还会开花
树会绿，草坪会醒来
人们会在街头散步
带着孩子、狗，有时停下来
对着飞舞的小蜜蜂发呆
在一片受伤的土地上

在一片受伤的土地上
在冰雪掩埋的冬季坟场
我已经死过一回
不再属于这个地方
但不像逃离者一样仓皇
瞧，颠沛流离的春天回来了
她的好意微微带点调侃

她的好意微微带点调侃
还有那些年轻的面孔
闪烁的大腿、微风中的裙裾
是对报纸和谎言的反讽？
老天爷知道，留下来的

不是一堆石头、木头和傻瓜
命运的斜拉线纵横交错
“嗞嗞嗞”传输负荷和电压
将自我和众生
变成战栗的一体

变成战栗的一体
仿佛是期盼已久的结果
已经遗忘，其实不会忘却
我不属于一个地方
在经历了血腥、腐烂和严寒之后
在季节的自我更替之后
时间赋予的朦胧力量
又回到了受伤的土地
回到了我身上

2010 年

豆哥的早餐

他饮下一杯牛奶
吃了半个意识形态化的馕
几颗吊死在树上的杏干
有时佐以残忍的玫瑰花酱
烤肉和抓饭就免了吧
并不适合一大早的胃口

打开窗户，他吃了一口
丝绸之路上的空气
吃下葱岭的冰、塔里木的沙
楼兰的胡杨泪、尼雅的红柳灰
吃下边地部落消失的鼓乐
远去驼铃消散的故事和传奇
或许，还吃了点
海市蜃楼里的残羹剩菜

走在街上，他步行去上班
一边吃着自己的沉思默想
感到肚子已经饱了
一路上，都是从昨夜或去年
惊醒过来的人：

认识了一日长于百年的人
是的，他必须腾出最后的胃口
吃下他们脸上的愁容
残留在内心的坚硬噩梦
吃下北门的低泣、南门的哀号……

他感到自己就是他人
是每一个擦肩而过
但息息相关的陌生人
他和他们，仿佛一阵风
便能吹散、吹走的影子
继续奔跑在受伤的土地上
——他吃下了遗忘
这是比白日梦更加丰盛的
豆哥的早餐

2010 年

蚂蚱协奏曲

初冬，阳光晒暖的一块石头上
一只垂死的蚂蚱醒过来了
两条后腿，收集残存的力气
找到了可以摩擦的翅膀
“让我数个数吧，还能蹦跶几下：
一、二、三、四……”

仿佛受了感染，蝈蝈和蟋蟀
在枯草丛中齐声低鸣
更多垂死的蚂蚱，爬上了
世上数不胜数石头中的一块
“哦，最后的暖、最后的光
最后的舞台、最后的悲苦……”

“嚓嚓，嚓嚓嚓……”
蚂蚱协奏曲，世上最小的音乐会
此刻是对荒野、枯草、寒风
以及接踵而至的严冬的
一点微弱的抗衡

微弱的……仅此而已：
“嚓嚓，嚓嚓嚓……”

2010年

麻扎塔格[1]

一

大荒的墓园。麻扎塔格

是坟山中的坟山

一千五百七十米的海拔

是多少坟墓的叠加、垒筑？

二

斯坦因的“神殿之山”

一段搁浅的赭红色时光

一艘沙漠泰坦尼克

或者一头巨鲸

沉没，或兴风作浪

三

红山是红山，白山是白山

山的婚礼和山的葬礼

同时举行

---

① 麻扎塔格意为“坟山”，位于塔克拉玛干沙漠腹地。

游离于地理学之外的
一红一白，生死一体

四

垂死的和田河
垂死的胡杨林

山顶。戍堡。残墙
无边的苍凉，尾随我
失去的时光，包围我
将我变成无援的幽灵
——缓慢攀登的另一个

你说，幽灵们
被我们带走了
附在一截唐代的胡杨枯木上
你说，死去的胡杨更美
像一门挺拔的美学

五

仿佛有什么在萌动——
是哪一个先人
在脚下发出流沙的轻叹？
狼牙的巨人
还是吐蕃的兵士？

脚下依旧是

空

空

空

六

死亡有它的铺张：

无垠沙海

死亡有它的好意：

隆起一座不灭的山

——麻扎塔格

七

这里是麻扎塔格

胡杨与红柳平等

沙砾与岩石平等

悬崖与河床平等

俯瞰与眺望平等

我们与苍凉平等

八

苍凉啊苍凉

大荒啊大荒

苍凉吃下虚空

吐出沙子

一地玛瑙，五颜六色
那来不及清理的
沙漠诡秘
和小小虚荣

九

在塔克拉玛干深处
我愿做一只蠹虫、一个词
阅读这部浩瀚的沙漠之书

此刻，一个虚妄
正落在夕阳翻动的书页上

2011年

未被驯服的风景

背包客在梦里买下一朵浮云
获赠一匹神马、几缕清风

摄影师用长镜头逮住几颗星
为了听它们叽叽喳喳叫

他们山羊般俯身
在河上签署自己的名字

他们蜥蜴般筑居
在沙上抹去自己的来路

群山移动，像一头绵延的巨兽
未被驯服的风景，发出低低吼声

2012 年

周末愉快

无人打扰，无人相邀
无事要办，无处要去
世界好像被我轻轻放在一边
读荷尔德林，又重温《百年孤独》
朋友发来短信，转述嘉宝佳句：
“让我独自一人，我止于此，我止于我。”
看窗外，白云朵朵，悠闲漫步
——我已多久忘了抬头看天空？
老树、小树，在风中摇曳、私语
像在感叹，阳光总是慷慨
久违的愉悦，缓缓盈满心间
我感到：这是心满意足的一天！

2012年

荒凉的证人

作为受难者留在这里
作为荒凉的证人、禁止的呼告
留在寒风吹彻的大地
萧瑟的诗篇被一匹瘦马驮着
通往异乡的城池和炉膛

被战栗团结在一起
像大风吹歪的房子
挤在一起取暖
像一个雪球，滚向流亡之路
远方，比消失的乌孙更远
太遥远了，以至于
被同胞认为是一种不存在
是的，水仙并不留恋胡杨
盆景也从不认同沙漠

今夜，宇宙豪迈，星空
只是一些美丽的雪球
旋转，翻滚，奇幻
要有火，要有光
要添加“寒冷”这剂燃料

要为死胡杨喂点水
要在死胡同里找到一条路
……
等到玛雅人开始新纪元
等到昆仑成为费尔黛维西[1]
等到星球嬗变，重新运转
亲近我他乡的故乡
雪花像一败涂地的异族
其实是流离失散的亲戚

作为受难者留在这里
身披一袭雪花的白衣
直到饥饿的麻雀分得几粒小米
直到内心的柔情减去枝头的寒意
直到众人的善也是我的真
今夜，宇宙圣洁，外星人来过
像没有脚丫的雪人
不在我们雪地留下一丝足迹

2013年

---

① 费尔黛维西，塔吉克神话中的最高天堂。

住在山谷里的人

他知道世上还有别的地方
还有乌鲁木齐、北京、上海
但从未去过。他的一位亲戚
去过首都，回来告诉他：
北京好是好，可惜太偏僻了

在一座看上去快要倒塌的
木屋里，他住了七十多年
送走了父母和父母的父母
原木发黑，散发腐烂气息
屋顶长满杂草，像戴了一顶
古怪的帽子，一处木头缝里
正冒出一朵彩色菌菇……
山谷里，雨水总是很多
每到下雨天，他的老寒腿
锥心地疼，跨不上一匹矮马

两边山坡上，病恹恹的
野苹果树，被小吉丁虫折磨着
在高大的云杉和红桦之间
变成一群矮子。木屋前有一棵

较高的野苹果树，孤单而健康
树下拴了一匹马，看上去
像是一棵树正在驯化一匹马
成熟的果子掉下来
落在马的脊背、臀部
马在颤抖，仿佛内心的惊讶
在身上泛起阵阵涟漪……

旅行者，不断从远方来
每一个，不会再来一次
我和女儿喝他的奶茶
吃了他的包尔萨克，就要离开了
他送给孩子一瓶自己做的马林酱
艰难地起身，向我们道别
我们离去，消失在天山风景之外
隐身于一位老人的“偏僻”里
无须抬头，遗忘像一朵低低的云
笼罩这个名叫库尔德宁的山谷

2013年

沙

数一数沙吧
就像你在恒河做过的那样
数一数大漠的浩瀚
数一数撒哈拉的魂灵
多么纯粹的沙，你是其中一粒
被自己放大，又归于细小、寂静
数一数沙吧
如果不是柽柳的提醒
空间已是时间
时间正在显现红海的地貌
西就是东，北就是南
埃及，就是印度
撒哈拉，就是塔里木
四个方向，汇聚成
此刻的一粒沙
你逃离家乡
逃离一滴水的跟随
却被一粒沙占有
数一数沙吧，直到
沙从你眼中夺眶而出
沙在你心里流泻不已……

2013年

疆

一

住在弓上

住在土里

住在高山和盆地

大隐隐于疆

二

持弓守土者

身旁的

疆

丢盔卸甲者

天边的

畺

三

弓上的月光

土里的流亡

三山两盆的雪和沙

斯人吁叹

恰在咫尺天涯

2013年

论新疆

现在，他们和数码相机
一起到达，在他乡风景
和异域风情里，迷失自己
现在，新疆变成一颗鹰嘴豆
在一锅羊肉汤里沉浮，然后熟了
要有足够多的羊肉和羊肉汤
才能找到美味的可能的鹰嘴豆
新疆是一车车葡萄红枣
一台台异域歌舞、一车车煤炭
在“看”之前，他们已品尝“新疆”
就像吃下一个美梦，然后问：
“这种美味，出自何方？”
于是，他们万里迢迢寻找新疆
像寻找一种食物、一剂药方
在一张公鸡地图上，找到一个尾翎
一不小心越过俄罗斯到达北极
他们抱怨这里太冷，而公鸡下的蛋
一个古尔班通古特，一个塔克拉玛干
那里的荒凉让人绝望并且走投无路
现在，新疆从一串鲜葡萄变成葡萄干
新疆像风滚草在无垠的旷野滚动

新疆变成明信片，躺在数码相机里
像“楼兰美女”一样四处展览
昆仑已是废墟，时光深处的一堆废墟
把玩和田美玉的人，已淡忘祖地记忆
而一个移民，一个丢失来路去踪的人
突然变成异乡的本土主义者
……或许他们前世到过新疆，当他们
还是骆驼客、牧羊人、戍士的时候
或许他们从未来到新疆，就像——
塞菲里斯的海伦，从未到过特洛伊

2013年

遗忘之冬

颂赞或诅咒，都不能拯救遗忘
第三条道路通往叛乱的星河

风景将继续传播，但是空寂无人
无人的群山，只是一座座覆雪的孤坟

幸存者漂泊，用余生将自己修补
他已分裂成一些大漠、戈壁和孤烟

他还会从雪里挖出蚂蚁的食粮
将巨犀和猛犸，从幽冥世界拖出

不可抗拒的严冬，这个史前庞然大物
一屁股坐下来，就占领我们的版图

在喉咙刮过太多的沙尘暴之后
飞雪的、冻伤的嗓子已没有歌

2014 年

高速公路上的雾

雾中，陷入无穷的模糊回忆
前和后，混淆了，看不清
仿佛一条长舌，从沉默中吐出
缓缓拖过早晨，舔着
积雪的枯冷旷野

这一截高速路比平时走得漫长
臭烘烘的大巴、沉默无语的乘客
每个人回到自己，落座于
一具“他”或“她”的躯壳
生硬，颠簸，如一粒粒石子
即使颠簸成为动荡和跳跃
石子也不会变成珍珠
每一个一，被雾的一切
包围，皱眉饮下雾化的毒奶

音乐颓丧。沉默在持续——
鼻涕虫婴儿睡着了
一位老太太终于忍不住
嘀咕道：“啥时才能到啊？！”
她去东戈壁监狱探视坐牢的儿子

而我，埋下头，抽了口电子烟
为今天的大雾，再增添一点雾

驶出噩的制式：一种弥散状态
肺的解放，带来身心的舒展
白杨雾凇，少年般挺拔
宁静、晶莹、透亮
像一种久违了的愉悦
一天才刚开始，锈红色太阳
懒洋洋躺在地平线尽头
我得眯起眼睛，才能慢慢适应
这枚硕大而近在咫尺的恐龙蛋

2015年

我拥抱了一个人

我拥抱了一个人
他有沧海
我有桑田

我拥抱了一个人
他有绵延的雪
我有堆积的冰

当冰与雪相互辨认、拥抱
世界不会增加一丝暖意
但，兄弟之间
有了一次短暂的贴心

在冬天的首府机场
我们拖着行李，各奔东西
兄弟，要清洁跑道的雪
除去身上的冰
我们才能滑翔、起航——

继续飞过人间的沧海桑田……

2015 年

晨　起

晨起，发现自己还活着，很好
没缺胳膊，也没少腿，很好
只是昨夜梦里为找到一朵小花
穿过太多荆棘，全身还隐隐作痛
洗脸，刷牙，照会镜中人
白发又多了几缕，不必忧伤
再白一些，就配得上天山雪了
“还活着！”这是一个多么惊人的
发现啊。朋友来电，约我去楼兰
为什么要去楼兰，和木乃伊约会吗？
或者那里还有未曾发现的宝藏？
而我，正吃惊于“活着”本身呢
激动并陶醉，没有远游的兴致
在此地，在活着实属不易的时代
晨起，发现自己居然还活着
四肢完备，内心康健
仅此，已使我对新的一天
充满信徒般的虔敬和感激

2015年

托克逊

感谢托克逊的大风吹歪你的胡子
无风的日子，孩子们玩起刮风游戏
风在他们嘴里呼呼吹，没日没夜
直到他们长大，告别贫瘠乡土

游子归来，从南疆，或北疆
坐在一盘托克逊拌面前，轻声吁叹
人在世上走散，房子被大风吹歪
乡愁，从一只颠簸的胃里升起

感谢托克逊的一块石头变成了挑战
当你咬不动它的时候，就为自己
找到了亲吻的理由，如同
四十度高温，还要声称的凉快

在某个瞬间，世界会变成托克逊
变成不高不低的零海拔广场
从天山到艾丁湖，一度吹散的生活
回来了，一度瘫痪的日子
突然陡峭地站了起来……

当你久久潜泳于沙漠戈壁
并奋力跃出托克逊的海平面
你要么是一头蓝色巨鲸
要么是一朵淡紫的孜然花

2015年

冰山游移

冰山游移——
这史前巨兽
这水的尸骨
这壮丽的坟茔
如男人的自我分裂
归于一种完整

冰山游移——
这冻伤的歌喉
这废弃的歌剧院
这全身易碎的镜子
放大孤寂
并屈从于孤寂

冰山游移——
这虚空的子宫
这腹中冰的锐角
这存在的晕眩
世代无法生下
人间的冰山来客

——冰山游移在远方

在现实和梦境之外

三分之一的傲慢

三分之一的沉浮

三分之一忧郁的根须

2015年

死者从未离我们而去

死者从未离我们而去
在葡萄叶和无花果叶
漏下的星光里入座
寒暄、垂首、低泣

他们随流水和尘埃迁徙
用风，采集草尖的战栗
一大早在花丛中睁开眼睛
提醒另一些假寐的死者
还有值得细赏的“人间”

有时在乌云和白云之间
演示雨水的慷慨
雷霆的震怒
有时用一道闪电
扎根于惊叫四散的人群

在清明节和忌日
他们坐在我们对面
默默饮酒，吞咽食物
或者亮出一把长刀
切了西瓜又切甜瓜……

2015 年

雾

远和近，亲和痛
隔着今夜这般大雾

生存，已是一个幽灵化过程
沿着身体的墙体和裂缝
雾，不断地渗入、渗入……

我们的挣扎和哀歌
归于无边无际的
雾的国度

但在雾的散板和跨文体中
一树奇崛而晶亮的雾凇
于清晨缓缓升起——

那是心的，唯一榜样

2015 年

阿拉尔随感

热爱与隔绝，如今已是
我冰火交融的时日

从走路时睡觉的人那里
从绿洲劳作的人那里
从旷野绝望者那里
我学会背负一个零
慢慢地，变成一个负数

世上无人知道阿拉尔
知道它的盐碱滩、美好夜晚
脱缰野马似的内陆河
这很好
在彻底的遗忘中
我将赢得自由和想象

不必与你说亚洲脉搏
我也有一颗南疆之心啊
像一把异族乐器
挂在体外，喑哑而破旧

2015 年

我如此热爱荒凉的事物

我如此热爱荒凉的事物
它们一股劲在我四周疯长
疯长成加倍的苍茫
连月球和外星球
也比不上这般景象

一波又一波
它们往我体内涌
像勇士杀了个回马枪
驱逐最后一点浮华
留下空旷、安详
多好啊，我怀一腔热诚
与荒凉融为一体了

无你，无我，无他
亦无南、北、东、西
只有此时此地的荒凉
像世界的肚脐和唯一中心
无边无际铺展开去
而这，多么好啊

此刻，两个男人站在戈壁滩上
一个说，这里太差了
连棵树都没有
另一个说，这里太好了
连根草都不长
后者是我的兄弟
我们一生以荒凉为盟约
为守舍之魂

2016 年

迎着狂风去吃饭

昨日小雨，今天狂风
我迎着狂风去吃饭
拌面馆关门了，来到
抓饭馆，抓饭太腻
就买一只烧鸡回家了

迎着狂风去吃饭
杨絮榆钱空中乱舞
不是饥饿，而是某种预感
顶住了我的胃——
像往年一样，沙尘暴
是否又要光临了？

从阴雨的南方来了短信：
“我偏爱雨天的皱褶
胜于思念的皱褶带来的荒谬。”
而我正迎着狂风去吃饭
想起昨夜读到的弗罗斯特诗句
“思想劈开星际的阴郁
整夜坐在天狼星的光盘中。”
那么此刻是阴郁顶住了我的胃？

是我的思想在觅食?

我迎着狂风去吃饭
结果拎一只烧鸡回家了
一个移民走在异乡街头
用胃想到自己认识的
已经崩溃和即将崩溃的人
再也没有了一点食欲

2016年

秋日，旅途

从阿勒泰到布尔津，牧草已枯、秋色渐浓
旷野，一张展开的巨幅草图，随地势起伏
沙枣、白杨、芦苇、向日葵、戈壁胡麻
还有远处闪光的盐湖，多像心爱的文字
你的异乡母语。“于书本汲取的力量
变得晦涩，唯大自然保持敞亮和气象。”
公路为界，一边是哈萨克人微型城市般
的精致墓地，一边是汉人遗弃的乱坟岗
“死得考究或潦草，是否代表生的姿态？”
从陨石堆那边，走来一队转场的奶牛
缓慢、平静、从容，仿佛已穿越生死
不为脚下踩踏而起的滚滚尘土所动
天空低垂，远方似在眼前，车过切木切克
无须开足马力，目光打开的空旷、苍茫
迎面而来，将内心的沉闷和愁绪驱散……

2016年

金山书院

“有时晚上不见一人，书院显得
尤其空荡，恨不得将它关了。
哦，荒凉的县城、荒凉的文学……”

于是，四个男人
一个布尔津人、一个吉木乃人
一个禾木人、一个乌鲁木齐人
坐下来喝酒、读诗
从《一张名叫乌鲁木齐的床》
读到《喀纳斯颂》

“有一天，骑赛车来了两位女士，
我在冲乎尔教书时的学生，
小时候调皮得很，一位曾被我罚站，
一位被我赶回家，她们不记仇
结伴来买《喀纳斯自然笔记》。
但热气腾腾的八十年代到哪里去了？”

“哈，今夜的难题还有一个：
教士啤酒下肚，啤酒瓶如何送回德国？
颂扬苦闷，还是试着赞美

这遭损毁的世界，才是一个问题！”

“凡造梦者，须去废墟上捡拾砖瓦。
凡将无形之梦，变成有形之梦的，
皆可称之为荒凉的事业。”

此刻窗外，额尔齐斯河静静流淌
所以今夜不太荒凉
如果我们还是感到了荒凉
就去邀请院子里的三棵树为听众：
一棵漆树、一棵野山楂、一棵欧洲荚蒾

2016 年

狼　台

狼台丢失自己的名字后
变成了苜蓿台

侯哥退休后，在狼台下白碱村
买一个小院，读书、种菜、养羊
朋友来了，劈柴、炖肉

上得一个高台，不见苜蓿
但见碎石一地的匈奴墓
南山头狼，曾在这里眺望边城
“健壮的狼，随头狼撤向深山老林，
那些体弱温顺的，去城里当宠物，
它们有了新的头狼：人。”

一年刚开始，转眼就到了秋天
牧草枯黄、艾草疯长、蝗虫在飞
碱水浇花、浇树，不能一饮
云杉，一年年向山里撤退
将榆、杨、李、杏，留在山脚下

冬天，结伴去山里喂鸟

蹚着过膝的雪，来回走九公里，
“饥饿的鸟群，叫得凄厉，
吃饱后，叫声里有赞美和感恩。
星鸦最聪明，眼睛亮亮的，
知道在树洞里储藏食物……”

下山时，明月出天山
照在侯哥的菜园
我带回一把青翠的韭菜
几个熟透的番茄

2016年

我为爱效过犬马之劳

我为爱效过犬马之劳
在边地险境，修复语言的创伤
用心灵的快和自然的慢
我行走在异族人群中
看不见这个民族或那个民族
只遇到一个个的人、一颗颗的心
有时，感到活着的已不是自己
那么是一个他者？一个复数的我？
一个为爱效过犬马之劳的人
在今天被视为失踪的人
正往旷野和荒凉中去
独自面对孤寂、衰老和死亡
而爱，会跌跌撞撞活下去
获得一次次的重生

2016 年

火车记

铁的意志穿过戈壁驶向南疆
铁的驼队，沉浮于瀚海
绿皮车厢内，六十种沉默
坐落于无休止的铁的咣当声中

坚硬的沉默一度被酒精打开
情歌和笑话也会决堤
汉语、维语、哈语、蒙语、俄语
外加大巴扎烤鸡，自带手抓肉
汇成一锅今宵的乱炖

咣当——咣当——
体面的人头枕公文包时睡时醒
上半夜梦见塔里木虎
下半夜梦见自己被雪和沙埋葬
醒来，已在千里之外
像羊群，卸在巴楚站台
在凌晨寒风中发抖
渴望麦盖提的一碗热汤面

下车，上车，乘大巴继续南行

发现头顶多了一群乌鸦
它们不被公文驱策
却被灰蒙蒙的天空监禁
饥饿的叫声，回应着初冬大地
无边无际的荒凉和孤寂

2016年

泥泞的水

水往我身上流
流走了尼雅河、叶尔羌河
和田河、阿克苏河
塔里木河……

但我是陷于尘土中的
爱着绿洲女子
和夏日的小刺玫瑰
尘土把我带到巴扎和麻扎

干旱似碳烤的内陆
敲一敲，发出白铁皮声响
招来沙尘暴和木乃伊

我在尘土中打盹
转瞬，已白发苍苍

而我的心，像一枚鹅蛋
在烤炉上轻快地跳动

水往我身上流

冲刷内陆的

尘埃、浮土和流沙

泥泞不堪的水

快流不动了

2016年

冬　夜

雪在下，餐厅里热气腾腾的
喝酒，划拳，大声说笑
阴沉一天的脸，终于舒展了
绷紧的身子，疏通了上水道和下水道

这家名叫“饭菜真香”的湘菜馆
菜单上写着：每日湖南空运发货——
谷鸭、小公鸡、盐水肉、风干猪蹄
家乡翘鱼、洞庭湖桂鱼仔、盐巴鱼……
首府市民好胃口，饭菜和小老窖
还有几只馋虫，一起咽进肚子

末日般吃、喝
没有明天的吃、喝
走过隔离墩和安检门的吃、喝
八项规定之后自掏腰包的吃、喝
从各位领导到平头百姓，请问
除了吃、喝，我们还有什么？

没有一匹马，驮吃货们回家
一溜小车，头颅和屁股深陷雪地

好像快散架了，会用最后一点油
最后一点力气，送酒鬼们上路
或者加足马力，冲出冬夜和地球——
其中醉得不行的一位冲司机喊：
“快发生车祸，我不要活！”

2017年

年　关

雪地里可能有一头
假寐噤声的年兽
被管控的爆竹稀疏空洞
难于将它惊醒
雪，即关煞、言辞和命运
掺杂一地碎屑的繁华
除夕夜，不开电视
“春晚”比夏天遥远
初一给一位老作家拜年
他说：“大楼不能倒啊，
倒了我们没地儿住了。
总不能住流浪汉的毡帐！”
然后是朋友小聚、喝酒
好友在两个家庭之间奔波
“苦啊！”平时总这么叹息
几杯酒下肚，脸上有了
青年时代的神采和光芒
去南疆驻村的老友
明天飞内地探望母亲
悲壮如战前诀别
随后闯进一位陌生女士

不爱读书，却毫不犹豫
抢走一本《沈苇散文自选集》
大笑着扬长而去
……我足不出户已有五天
煮过一锅马肉、马肠
倒贴过一个“福”字
抽了几盒“好猫”
每天面对窗玻璃上的
剪纸公鸡、几片田七叶
雾霾，锁住日落月升
锁住博格达和远方
我祈祷年兽醒来，吼叫
这样，我就打开门
带上足够的爆竹
去迎接它了

2017 年

值夜记

我为朦胧远山披上晨曦
让它巨鲸般浮现沙海
而我，还在这里

在这里，我已是远方
连土著都在纷纷逃离
一个移民，还在这里——

值夜，似睡非睡
为低垂的星空
夜鸟的低语、梦的惊悸
冰山上一头雪豹的逡巡

疲惫。但热爱
连二十岁的笑盈盈的
穆克苔丝，都失眠了
画在黑板上的鹿
跳跃，慢慢长出了翅

而我还在这里
在群山与沙漠之间

在一幢空荡荡的大厦里
值夜，走来走去
哼一支听不见的歌
拥有一种禁闭的自由

2017 年

安 详

葡萄和石榴
在热风中成熟

忧虑，每天爬上
夕光中的电视塔尖

思绪的刘海乱了
有几缕遮盖愁颜

取经者，西天已备好
馕饼、苦泉和荒芜

沙化的日常、街头
突然的醉汉、疯婆

自由——苍狼的情欲
安详——昆仑的长眠

2017年

影子的礼物

死去的语言附身
一点点渗入骨骼、内脏
肉体，一小片土地
不是荒芜，便是耕作过度

土地松动，隆起小丘
鬼魂们已开始劳作
带着死去的语言
这空洞的影子的礼物

活的语言已被收购
在废品站里呻吟、哭泣
只有死去的语言
住在石头和核桃里发威

在普遍之城，我认识
美文的身首异处
死去的语言
整夜搅动我的脑浆

那，这就是活着
暂时没有疯掉
做暂时的、死亡的弃儿

2017 年

亚高原

马眼睛中的汗血风景
化为乌孙山下紫苏波澜
沉下狂暴的冰块碎石

万物归于静谧、安详
如晨光中的喇嘛庙
醒来的憨厚石人

亚高原，一个偶尔闯入的
异度空间，未离开却已思恋
祈祷着旅途的永不终结

天马是飞马，我即你和他
孤立的界碑，唯有风的逍遥
一再越过法外的边境

“星光下肉身的纠缠与雾化，
可谓一次芳香疗法，
一次远方的失魂落魄……”

——不必吁叹，不要停息！
当我们在西域慢时间中
燃烧成昭苏的崖柏灰

2017 年

喀拉峻歌谣

风景有陡峭的时辰
云杉有滚地的一刻

刈草人越走越远
草料垛越长越高

一百座毡房半空入定
一千只山鸦整日聒噪

中午宰羊，晚上炖肉
后半夜星空送来奶酒

达斯坦歌声聚远客
冬不拉琴弦系游魂

哀伤的、马头的方向
无辜的、绵羊的山岗

心爱的脸庞，为何
如今只能梦里相见

被遗忘祖先的影子
正加入白云的行列

她说手指指的路
一天一夜就到了

下巴指的路累死马儿
三天三夜走不到尽头

2017年

在敬老院

我们送去糖果、柑橘、牛奶
也无法改写他们脸上的漠然
虚弱，意味着无力向世界微笑
每天与绝望无助的人在一起
美女院长看上去那么忧伤
“来点歌舞，他们还是喜欢的。”
她轻声对我和阿拉提·阿斯木说

一位坐轮椅的老婆婆
盯着窗外雪花，半天不动
身边的死亡消息，像飘忽而过的
雪花，都在她昏沉的意念之中
都在她一动不动的身体之外……

沿泥泞不堪的小路，离开郊外
这所简陋的敬老院
谁也不说一句话，心里分明感到：
自己已提前留在了那里

2017 年

暮春的雪

暮春的暴雪是一场错乱?
但老天爷自有其苦心孤诣
蛮荒重临，抒情诗人
失去舌头，继而失去骨骼和魂魄
时节的译者，从东方和西方
再度登上内陆巴别塔……
谁说沙漠咸鱼不会翻身?
当史前鱼群插翅飞越群山
请视之为翼龙或异族吧
——这是大数据时代
一个个原始的血肉版本
——暮春的暴雪是盛大的反讽?
但老天爷自有其隐秘的逻辑和安排

2018年

昆仑大酒店

床很窄
两边都是悬崖

从冰川回到客栈
得到一根“天子”烟的慰问

关于一座山峰如何着装的话题
有人讨论到下半夜

一夜无梦
是佐匹克隆和褪黑素的缘故吧

六点多醒来
窗外一轮阿富汗日出

2018 年

向日葵

燃烧的向日葵转瞬熄灭
灰烬的头颅、死的誓言
仰望天空——
云淡——空无——

无人收割的向日葵
烂在地里的向日葵
光的纱布、盐碱的药丸
旷野准备了辽阔寂静的担架

低下失败的头颅，哭泣
并一点点烂到大地深处去
只有成排的白杨——鹅毛笔
无言——疾书——

2018 年

正　午

曝晒。燥热。无风
村道旁，一张废弃的抬尸架

两只斗鸡，在桑树下打盹
瘸子和寡妇不去核桃树下纳凉

云团，被撕成凌乱不堪的棉絮
缓慢飘过大漠戈壁、遗忘的村庄

安静的南瓜、安静的甜瓜
只是悲伤的另一种形态

2018 年

但丁的讽刺

从沙漠跌落河流
又从河流爬进沙漠

拖泥带水的人，进入
溺死鬼与木乃伊的队列

在一首回旋往返的诗中
跌落、爬行……茫然四顾

如在阴阳两个世界穿行
此刻发生的事已永远发生

孤单者渐渐变成了一群人
命运如滚滚洪流、浩浩沙漠

无休止文本：一种感叹的发展
所有罪人都是被但丁讽刺过的

2018 年

和田混蛋

请吧，在一枚鸵鸟蛋里
加入鹅蛋、鸡蛋、鸭蛋
鸽子蛋、鹌鹑蛋、麻雀蛋
配以蜂蜜和玫瑰花酱
昏天黑地地搅拌、融合
一枚美味混蛋做成了

一枚混蛋的诞生，不亚于
和田玉历经的沧海桑田
在玉龙喀什河和喀拉喀什河
玉石已分道扬镳
将世界分成一黑一白

据说现在是混蛋纪元
沙埋废墟与绿洲村庄
阿育王与法显、玄奘
尼雅与丹丹乌里克
伽蓝与麝香、地乳
纸壳核桃与石榴花
库尔班大叔与小毛驴……
在沙尘暴搅拌器里搅拌

在埋葬的地方露出真容
诞生了——“瞿萨旦那！”
一枚前现代的和田混蛋

……昆仑，在沙漠中行驶
沙漠，在一枚混蛋中航行
当和田寓居于羊脂美玉
它浑然地显现，几乎是
对消失的一种渴望

2018 年

第三辑　异乡人

自　白

我从未想过像别人那样度过一生
学习他们的言谈、笑声
看着灵魂怎样被抽走
除非一位孩子，我愿意
用他的目光打量春天的花园
或者一只小鸟，我更愿
进入它火热的肉身，纵身蓝天

我看不见灰色天气中的人群
看不见汽车碾碎的玫瑰花的梦
我没有痛苦，没有抱怨
只感到星辰向我逼近
旷野的气息向我逼近
我正不可避免地成为自然的
一个小小的部分，一个移动的点
像蛇那样，在度过又一个冬天之后
蜕去耻辱和羞愧的皮壳

1992 年

娱　乐

我有我的娱乐，像一个鲁莽的春天
用力摇晃盛装的樱桃树，犯下挥霍之罪
或者一阵风，拖着世纪末多情的尾巴
穿过空旷的山谷

爱是一种娱乐，我早已悄悄爱上了人类
痛苦是一种娱乐，我干得如此出色
我一点点吃着自己思想的面包屑
用人间的蜂蜜和黄连
我吮吸夜半的墨汁
直到身体通明

我追赶我的名字，一个蛹、一只飞蛾
我与我的影子搏斗，直到精疲力竭
我变成一个玻璃球，滚进人群的草丛

我正在为下个世纪清扫一个新房间
抱着一个旧扫把，像学步的儿童
踉踉跄跄走过光滑的地板
或者一条章鱼，匆匆掠过古老的海底……

我支付青春、爱、信仰、忧伤
为了生命中昂贵的娱乐

1994年

庄稼村

雨水带来生活的凄苦，在田野上
在杂乱的草垛上，弹奏出忧伤的旋律
笛声若隐若现，仿佛来自地球的另一边

各家的门关着，路上空无一人
沈志权和凌珍女，我的父亲和母亲
正在阁楼上谈论水稻的长势、蚕茧的收成
以及明天又要返回新疆的儿子
轻声的叹息飘向村庄上空

桑树在雨中发抖，而苦楝挺直了身子
仔细倾听，村里的万物都在唤我的乳名
用全部的深情拦住我的背井离乡之路
鼻子忽然一酸，不知是雨水还是泪水
一齐涌进我的眼眶

邻居家的老狗对世界有足够的侦察
现在，正从一百米外的远方回来
缩头缩脑，一惊一乍，好像脚下踩的
不是泥水，而是熊熊的火
雷声一响，母鸡们纷纷回窝下蛋

我在雨中待了很长时间
湿漉漉回到家，关上门
全身颤抖着写下“庄稼村”三个字
仿佛在告别，在坚持一种
古老而绝望的艺术

1995 年

川　上

从一月到十二月，风车不停地旋转
草丛里，一条蛇咬住自己的尾巴
小小昆虫泪光闪闪，飞来飞去
将最后一位亲人埋葬

从一月到十二月，雨雪落在路上
亲爱的忧伤，似清风吹遍每一个角落
那些远道而来的人，那些逐日者
眼睛和心脏满是尘土

从一月到十二月，月亮打造魔幻的戒指
夜，提着灯笼离家出走
灵魂来到体外，伸了个懒腰
我们早已不在那里，这神圣的宁静
好像是我们死后的宁静

从一月到十二月，所有的月份十分相似
万物的激情在时间的肉里生长
潜伏着，屏住了呼吸
逝去的岁月变得多么肥胖
旷野上，一个疯子在不停地说话

1995年

欢　迎

我欢迎风
吹走尘土，清洁我的路
我欢迎雨水
我已准备好一小块地、几把麦种
我欢迎日出
金色的犁轻轻划过我身体
使我疼痛并且喜悦
作为一名黄昏爱好者，我欢迎
紧接着来到的夜晚
它使我身心自由，充满想象
成为陌生而吃惊的另一个
我欢迎爱情
因为最好的诗篇属于女性的耳朵
但新的爱情要向旧的爱情致歉
我欢迎四季，特别是冬天
思想在寒冷中结晶
灵魂在受难中坚硬
我欢迎大海上漂来的帆
（它来自一个人的童年）
虽然落日孤烟的大漠才是最后的栖息地
我欢迎全部的命运

这神奇的不可捉摸的命运
这忙碌的永不停息的命运
像水蛭，我牢牢吸住它的身体
直到把它变成自己的一部分
哦，我欢迎我的一生
这残缺中渐渐来到的圆满

1997 年

三个捡垃圾的女人

黎明时分她们出现
蒙蒙天色，正好遮掩外地口音

三个人，每人背一只编织袋
比身体足足大一倍
里面装着纸板箱、旧报纸、破皮鞋
几只干瘪的苹果
一小包虫蛀过的大米

她们低声地说笑
目光躲闪着投向地面
因为这里不是她们的家乡
三年颗粒无收的家乡也是家乡啊

在妇联大院，年长的一位
捡到一枚漂亮的发卡
将它别在
最小一个头上

1998 年

你我之间

你我之间没有别的，没有神殿，没有庙宇
但有共谋，如日月的私情、呼吸的交融
心经过了长旅，向你靠近
——你到底是谁？正陶醉于
我内心的战栗，你到底是谁——
像一位秘密观众，爱上了人间残酷的戏剧
听哪！大地上隐约传来的哭泣
加速了你天国花园盛大的凋零

1998 年

清明节

死去的亲人吃橘红糕、糖塌饼、猪头肉
最老的一位颤颤巍巍，拄着桑木拐杖
最小的一个全身沾满油菜花粉
年轻人喝着醇香的米酒
死去的亲人在忙碌，赶着死去的鸡鸭牛羊
进进出出，将一道又一道门槛踏破
他们爱着这阴天、这湿漉
将被褥和樟木箱晾晒雨中
他们只是礼貌的客人，享用祭品、香烛
在面目全非的祖宅，略显拘谨老派
死去的亲人在努力，几乎流出了汗水
他们有火花一闪的念头：渴望从虚无中
夺回被取消的容貌、声音、个性……
无论如何，这是愉快的一天
聚集一堂，酒足饭饱，坟头也修葺一新
墓园的松柏和万年青已望眼欲穿
天黑了，他们深一脚浅一脚返回
带着一些贬值的纸线、几个怯生生的新亡人

1999 年

两个故乡

当我出生时，故乡是一座坟墓
阳光和田野合伙要把我埋葬
于是我用哭声抗议
于是我成长，背井离乡，浪迹天涯
我见过沙漠、雪峰、女人和羔羊
现在我老了，头白了
我回来了——又回到故乡——
——流水中突然静止的摇篮

1999 年

归　来

走在冻得发硬的雪地上
我牵着女儿的小手
从幼儿园带她回家
绒帽下她的小脸蛋冻得通红
鞋底发出咔嚓咔嚓的响声
我的沉闷、她的清脆
呼应着，像在对话
有人碰了碰我们身体，走远了
女儿摇摇我，忽然开口：
“我们班毛毛的爷爷死了……”
“病的吧？”
“不是，是太老了。
她奶奶也很老很老了，也快死了，
毛毛喂她饭她也不吃……”
我攥紧她的小手
似乎怕她丢了
天暗了下来
街上更多的人碰到我们的身体
在冻得发硬的雪地上滑行
仿佛安上了看不见的翅膀
女儿突然停下来，坚决地说：

“爸爸，我不想长大了！”
“为什么？”
“我长大了，你就老了，
然后就……”
我紧紧抓住她的小手
发现她也将我抓得很紧
由于小脑袋努力地思考
手掌心冒着细汗，像是一块温玉
我摸摸她的小脸，拉过她
带着她，走得快了些

2001 年

爱情赞美诗

在人民公社废弃的猪圈
他们蓬头垢面地相爱
在雪花、寒风和一床破棉絮下
他们瑟瑟发抖的爱情
比一颗煨熟的土豆更烫

等分用完这颗土豆，再也没有别的食粮
再也没有能够回去的故乡
在人民公社废弃的猪圈
这对流浪的男女
用体内最后的火和热相爱

“阿花啊……不要扔下了我！”
他泣不成声，抱着一点点冰凉下去的她
像抱着污泥中的一轮月亮
我没有听过比这更悲痛、深情的颤音
除了在人民公社废弃的猪圈

2002年

夜。孤寂

走在深夜的街上
我在心里对自己说：“生命就是孤寂。
爱是孤寂，愤怒和悲伤也是孤寂……”
夜是孤寂——悄无声息的孤寂
夜只是呈现，放弃了徒劳的表达
用隐秘的嘴和星光的牙
囫囵吞下我
一个叫嚷着孤寂的可怜虫
——夜在今夜吞下半个地球的可怜虫

2002年

一个老人的早晨

太阳一大早就落下去了

一个老人从床上爬起来
他茫然四顾
庆幸自己再次逃脱噩梦的吞噬
和死神的追捕

在床单、被套、枕头、布鞋
茶杯、烟缸、抽屉、地板缝中
他寻找日复一日丢失的力气的残屑
将它们重新放进体内
像放进一只祖传的旧陶罐

像哀伤的老山羊那样咳嗽着
他艰难地，一点一点地
从一张捆绑他的床上
爬了起来

窗户阴沉着
外面是一个老得不能再老的日子
太阳一大早就落了下去

2003 年

月亮的孩子

每次你从月亮上回来
总轻声告诉我：
“我只是去了一会儿街边的花坛，
那里，一只小虫子正在孤零零死去……”
你叫愣神，我叫发呆
仿佛天生的一对
可以插翅离开这个世界
但你轻盈，比一朵云还要轻盈
在天空，比我流浪得更远
不像我，已被大地的气息囚禁
被命运种植在旷野深处
当你在我眼前出现，身上滴着夜露
你一定是刚刚从月亮上回来
所以不用跟我谈论
花的凋零和风的戕害
秋深了，你眼中的蓝在加倍努力
寒意抓住你燃烧的裙裾
即使你离我再远
即使月亮和桂花树死去
我仍能闻到你唇间的桂花香味

2003 年

月　亮

月亮有着敏感的嗅觉
闻到大地上无边睡眠的悲伤气息
他的缄默，是一粒尘土的缄默
他的疾病，被月亮治愈

年轻时，他将孤独储蓄在月亮上
到晚年，利息连同本金可以一起滚动了
瞧啊，他的嫦娥在逃亡
那一点点消逝的光的裙裾
和桂花的芬芳

他储蓄美、荒凉，却没有一把扫帚
去清扫天空的灰烬
一次又一次，月亮那么温驯
一次又一次，月亮被支付给死亡
莫非它是前世遗忘的一只眼睛
古老目光含着冷霜和鞭痕
仍在将他久久凝视
如同一个银制的咒符

在泥泞人生中，不是伸手可及的一切

爱情、友谊、居所、窗外的草坪
影响了他的面容和个性
他发现，他是被失去的事物
被一轮死去的月亮，创造着

2004年

星

当我写下一颗星，同时写下
它的呼吸、心跳，梦的枕头
杂草丛生般光芒包裹下的隐喻肉身
毫无疑问，也要写下
黑暗对他的养育之恩

太多的仰望和赞美
在增加它危险的亮度
因此我俯身，在大地上寻找一颗星
翻过一座座山岗、一条条河流、一座座草垛
在家乡的一口古老深井里
它的沉默，鱼一样冒着气泡
它是我童年的萤火虫
时至今日，我仍在捕捉它的诱惑
它的闪烁不定

当我写下一颗星，它的飞翔
迅速划伤洁白的稿纸
在陨落之前，我要让它保持，永远保持
最美的弧线和亮度
在一张没有边际的纸上

2004年

雨的回忆

一

雨在下

母亲在屋檐下发呆
米淘好了，但湿透的稻草
不能用来烧一锅粥

屋顶醒着的猫
神经质的脚步、凄切的叫声
几度惊醒我的睡眠
几度弄碎漆黑的瓦片

瓦片喧哗
在记忆深处，一再落下、落下……

二

湿地里耸动的墓园、松柏
满足阁楼上的眺望
和一位少年的惆怅与兴奋

田野上，雨丝杂乱无章

雨和雨，这贫穷缔结的婚姻
还看不到一个清晰的尽头

村里的男人们在忙碌
从废弃的桑园挖出几个遗骨坛子
不多不少：四份均等的悲哀

虚无弥漫着、游荡着
像一件旧时的外套
并不符合大地的身材

三

雨声、蛙鸣、香樟树气息
愿它们进入一位屠夫的梦乡
“我杀掉的猪，不下一万头！”

谢谢你，胆怯的初晴
雨水终于松开捆绑我的草绳
我愿意是茧壳中混沌的蛹
内心一阵旷日持久的狂暴鞭打
就要过去了——

常春藤倾心于鸟儿的翅膀
它是多么无知啊，滂沱的雨水
曾向着泥泞的大地，升天！

2004年

南　浔

雨停之后
河边菜馆里的杨梅酒在继续
从水里打捞起来的
湿漉漉的话题也在继续……

香樟叶柔软地铺了一地
仿佛春风里的欣然告别
一棵树可以是新的
一个人为什么做不到呢
当它抖去一身落叶，也卸下
前世恩怨积蓄的繁华碎片

一座名园[1]有它的还魂记：
垂柳依依，拂过水面
如同死去小姐们的寂寞发丝
睡莲们继续睡着
在淤泥卡住的梦里
会有一种轮回升起、莅临

---

①“一座名园”是指浙江湖州南浔的小莲庄。

待到盛夏，将重新谱写我
葱郁而孤独的恋情

雨停之后
有人在街上哼着越剧
一条狗跳过水洼，在桥头张望
雨水一度中止生活
现在又恢复了往日从容的韵律
像小镇一位平和的居民
我爱着菜市场里的气息和叫卖
像今生今世的留恋
雨滴仍在屠夫们的案板上跳跃……

2004年

黄昏散步到一株香樟树下

黄昏散步到一株香樟树下
那里，吊死过村里最美的女人
她的声音、容貌、发香
遗弃在数百米外的远方
脚步要轻一些
不要惊扰树下沉睡的亡魂

傍晚微微起伏、荡漾
芦苇摇曳、杂草疯长
掩映熟悉的乡间小路
桑园气息，沾襟的晚露和夕光
提醒我：时隔二十年之后
我已是一个异乡人
却在频频返回自己的起源

荒芜的稻田、废弃的机埠
疯狂的水葫芦成为河道的主宰
热电厂烟囱改变村庄的天空
人民公社一穷二白的时光
仿佛仍攥紧在桑树的拳头中
一座淤塞的池塘

曾经是我小小的起源
现在是，并且继续是
而我，除了羞愧，无以回报
哪怕回报其中泥泞一滴

……我披着不轻不重的暮色回来
坐到母亲身边，剥笋、豆子
东一句西一句，谈着村里的人和事
“香樟树上死人多。”
“外婆是紧随外公而去的。”
“一代代人，像一茬茬韭菜被割掉了……”
母亲感慨着，目不识丁的她
总能说出我哽在心头的话

2006年

为植物亲戚而作

在我的植物亲戚中
油菜花从不失信、爽约
每年都来清扫过剩的阴雨
蚕豆花开，我们再次遇见
童子们黑亮亮的眼睛
桑拳头总是攥得那么紧
并不屈服于驯化和矮化
在阵阵和暖春风中
如期绽放新叶、木耳和桑葚
菜地里小葱、韭菜和大蒜
青翠可爱，一行行、一句句
是母亲开春时种下的
比我种在书里的字、词、句
要生动，更具自然的美感
苦楝树从不招徕凤凰
有时引来喜鹊和更多的麻雀
引来四面八方事的乡村消息：
生、老、病、死……
祖坟那边的香樟林越长越高了
是鸟儿从别处衔来种子长成的
茂盛和幽静，陪伴着

被我们丢失了姓名的九个祖宗

一座披头散发的小树林

在抵御流年和遗忘

当我找到一截香樟树的根

就可以带上它，再度远行了

2011 年

九华山见宝月法师

在九华山我无需诗歌
就像去年秋天
你就放下了这个人间“负担”
我仍叫你铁梅
其实你已是宝月

从新疆到皖南
穿过二十年情谊的崇山峻岭
我们双手合十相见
又双手合十道别

细雨和浓雾中
几乎看不清你的脸庞
只听见你对多多、蓝蓝、潘维
泉子、树才、凌越和我说：
“我在山上挺好的，
你们在山下多保重啊！”

2011 年

异乡人

异乡人！行走在两种身份之间
他乡的隐形人和故乡的陌生人

远方的景物、面影，涌入眼帘
多么心爱的异乡的大地和寥廓

在异族的山岗上，你建起一座小屋
一阵风暴袭来，将它拆得七零八落

回到故乡，田野已毁村庄荒芜
孩子们驱逐你像驱逐一条老狗

你已被两个地方抛弃了
却自以为拥有两个世界

像一只又脏又破的皮球
被野蛮的脚，踢来踢去

异乡人！一手掸落仆仆风尘
一手捂紧身上和心头的裂痕

2012 年

树与果实

一棵站在眼前的树
枝丫的多个维度
探寻隐秘的路途
像纠结的触须和翅膀
被繁茂的绿叶遮蔽

一棵梦里歌唱的树
升起，根须是它的助推器
砥砺下面涌动的虚空
像一个醉酒的男高音
拎着自己蓬乱长发
脱离地面，飞升而去

一棵走出我身体的树
果实从内部点亮
像眼睛，比眼睛诚恳
在落进空盘之前
几枚芬芳之果
用有限的重，保持
一棵树的风景：
一种多义的平衡

2013年

加拉加斯之晨，或祖国之夜

当自我变成他人
在布加勒斯特街头
加利利湖畔的 Tiberias 小镇
或者雨后的加拉加斯
在一张异国的床上，醒来
匆匆穿上祖国的拖鞋
自言自语：我是谁？

无需一面他乡的镜子
照见面容后的内心图景
独自闯入的新大陆
这单数的、白日幽灵般的
第四人称，是否已经诞生？

当我从“他们”当中
起飞，短暂地
降临于另一丛“他们”
当手势学会了哑语
哑语穿越了边界
则意味着
乞讨的吉卜赛人

黑衣的犹太原教旨主义者
或者卖完首饰就痛饮的印第安人
都是前世走散的兄弟
我追随他们，就像
雨追随雨，风追随风
哑巴追随哑巴，瞎子追随瞎子……

（此刻，没有一张圆桌
可以围坐在一起
相互取暖，用筷子夹起
寒冷、残酷的话题
此刻，在加拉加斯
Alba餐厅的某个角落
用刀叉对付烤香蕉、煎鸡蛋
饮下一杯热咖啡
像只不知从哪里冒出来的
野兽，茫然而独自吞咽）

当自我变成他人
自我：这一滴，或一缕
融入我跨越的群山、大海……
拨转臃肿沉重的地球
入夜时分的祖国
只是一粒
寂静无言的微尘

2013年

加拉加斯贫民窟

穷人的避难所遗弃在山上
铁皮、石块、烂木头万岁
破房子的聚会万岁
一种悬空的摇晃和蔓延
从来降落不到地面

穷，也要给它一点颜色
将简陋涂抹得漂漂亮亮
几乎是一种童年信仰
让绝望召唤救星：
圣母玛利亚、玻利瓦尔
持枪的游击战士……
苦涩喂养的黄钟花
一盏盏加拉加斯之灯
照亮混血的脸庞

入夜，贫民窟灯光
像密密麻麻的萤火虫
爬满山坡和山顶
倘若今夜灯光比昨夜亮了些
是因为添加了无助者
太多的不眠之火

2013年

加沙地道

我们偷运糖、方便面、药品
衣服、电脑、手机、洗涤剂
水泥、钢筋、燃油、小汽车
石头、子弹、AK—24 步枪……
这一切是为了喂养一个词：仇恨

我们从另一个拉法、埃及的拉法
偷运来了新娘、妓女和毒品
年轻人载歌载舞，彻夜欢庆：
“Insa，Insa……那就是生活啊！”

我们偷运一头狮子、一条眼镜蛇
去加沙动物园。半路醒来的狮子
吃掉一个忧郁、瘦小的同伴

地中海剩下三海里肮脏的潮地
那广大、蔚蓝、洒满阳光的部分
我们通过加沙地道偷运……

2013 年

希腊悲剧

神有人的良善和狰狞
神有神的脆弱和伤悲
神也受到众神的迫害
埃斯库罗斯替普罗米修斯说：
“苦难飘来飘去，
会轮流落到大家身上。”
索福克勒斯替俄狄浦斯王说：
“谁的幸福不是表面现象，
一会儿就被消灭了？”
欧里庇德斯替美狄亚说：
“痛苦已使我疲惫不堪……”
看！死而复生的酒神
狂奔在欧亚大陆
从狄俄尼索斯变成巴克斯
闯入西域绿洲和中亚草原
日神阿波罗要追上它
达成和解，合二为一
听！命运撞击大理石柱的声音
响彻在酒神节的雅典剧场
哦，这恢宏的青铜命运
这汹涌的地中海心灵！

2014 年

祈祷诗

一

每天，需要一个攸关性命的时刻：
像一叶扁舟，驶离一个无常港湾
像漫游者，带着内心强劲的马达
并且要热爱遗忘，祈求被人遗忘
这样，你就从被裹挟、被损害的
日常生活中，赢得了自由和想象！

二

不是鸽子凯旋，而是羔羊没有死罪
不是刀斧锈蚀，而是炸弹变成哑弹
不是父亲健朗，而是母亲抹去眼泪
不是上帝在场，而是魔鬼忘记交易
请不要老哼哼我啊我啊，要想一想
世上同样忧虑着、祈祷着的他和她！

2015 年

向奥登和布罗茨基致敬[①]

当我写下一行诗，抬头窗外
天空没溜走，凝重而陡峭
冰川萎缩，群山依旧傲慢
用严寒取暖的人，曾写下：
“人就是他阅读的总和。”
那么，一个写作的人
能成为他写下的总和吗？
当我写下一行诗，什么都
没有改变。昏昧建筑群
此起彼伏、绵延不绝
丑，使挑剔之眼习以为常
以至于怀疑自己写下的
每行诗，是粗鄙而不美的
漫长的冬天已过去，鸽群
在低空追逐、盘旋
草坪上，孩子和小狗撒欢
一树杏花突然开放了
匆匆行人惊讶、驻足

①诗中引用布罗茨基和奥登的诗句。

而送葬的人，刚从郊外
回到城里，看上去
与婚礼上回来并无二致
—— 一行诗能宽容他们吗？
看来，得有第二行、第三行
以及更多的、无限的行数
使过去时，领一群亡灵
回到此时此地，让最有力的一行
镇住未来的狂暴和咒语
这首诗，还得插入一句箴言：
“时间无法容忍一个美丽身体，
却崇拜语言和原谅……”
当我写下一行诗，时间暂离
现场。身体的回形针藏一个
自我告诫：这世界不用看了
这喧嚣不用听了。闭上眼
母语伟大的河床里，冻结
的时间，开始潺潺流淌……

2015年

巴布尔回忆录

从费尔干纳、喀布尔到印度
奔突，呼啸，攻掠，杀人
屡屡被打下马，丢盔卸甲
颠沛流离，如丧家之犬
找一片草地、一个山谷
好了伤疤忘了痛之后又去
奔突，呼啸，攻掠，杀人
这是我十二岁开始的日常生活

在撒马尔罕败于乌兹别克人的云梯
阿富汗人投降时，嘴里咬着草
好像在说："我是你的牛。"
我下达斩首令，以便营地前
堆起一座又一座人头的尖塔
我曾发起反对自己情欲的圣战
而对酒的渴望，常使我热泪盈眶

荒漠山野，否泰交替
成吉思汗的血脉、伊斯兰的血脉
汇成我"米儿咱"不安的血脉
从中亚到南亚，永在游弋

永在路上。我，死亡制造者
正是每日每夜与墓穴为伴的人
高烧、麻饯、水银、泻药
是我忠诚不贰的伙伴
血和酒，同时饮下。我必须
爱上我的短命、我的内伤

来自喀布尔的葡萄、甜瓜
勾起并加剧我的思乡病
在酷热淫雨、瘴气弥漫的异邦
三百多年的莫卧儿王朝只是一个幻影
如同先祖们察合台帝国的还魂记
应和了衣不蔽体、赤脚逃亡时
我在塔什干的图拉克花园
写下的第一首戛泽拉体诗：
“灵魂之外，无挚友。
我心之外，无信赖。”

2015 年

她拥有如此这般生活的美容术

她用诗把一生改写成病例
公示的疼痛，找不到一剂良方

或如卡在淤泥中的一个词
闪电之鞭下，一棵痉挛的树

她揪紧头发，试图抽身离去
头发居然有了星光的造型

暧昧男子如报废的卡车
四个轮子陷入她温柔的梦境

那疯狂空转的、火花四溅的
已被命名为“新写作之路”

她笑了，为了一再透支的晚年
为了脸上神秘而芬芳的淤泥

她拥有如此这般生活的美容术：
一再饮下自己的被侮辱与被损害……

2015年

海

长久地凝视大海
直到内心的苍茫和叹息
融入一片蔚蓝
直到排排巨浪化为言辞的波澜
直到海面微微弓起，像鲸鱼之背

向晚的海岸，室内已是远方
有风和航船的苦咸味
帆影如鸥鸟渐渐远去
一切向外的，转而向内：
这一小筐水果寻找热带的舌尖
这一片碎瓷来自明代的沉船
这一枝玫瑰用芬芳低语

转过身来，你将看到另一个海
特提斯遗弃的海底如巨型墓园
滚滚沙浪，在你回首中停息
麻扎塔格，被抹上夕阳的玫瑰红
当你转过身来，天涯只是咫尺
我几乎看到了你眼中
晶亮的盐粒和珠玑……

这首诗中要有一座岛屿
不大不小，漂浮在想象力之外
让它储备蔚蓝、囤积阳光
当有一天海与海相遇
我有一部沙漠的沉思录
你有一册海边的祈祷书
合上，便是言辞的沉默
打开，即为时空的苍茫

2016 年

公　鸡

有人需要打鸣报晓的公鸡
有人需要怒发冲冠的公鸡
有人需要替母鸡下蛋的公鸡
有人需要鸭子般凫水的公鸡
有人需要淫荡的公鸡
有人需要阉割的公鸡
有人需要傲慢的花公鸡
有人需要沮丧的黑公鸡
有人需要瘟公鸡
有人需要死公鸡
有人需要拧断公鸡的脖子
有人需要被公鸡啄食眼珠
有人需要飞翔的公鸡
有人需要送宝的公鸡
有人需要随蚯蚓潜入地下的公鸡
有人需要与狗狗一起升天的公鸡
在鸡年，人们没完没了需要公鸡
啊哈，世上哪有这么多公鸡？

2017 年

西边河

家宅被拆后，东边修起工厂围墙
早晨和傍晚，一天两次我往西边走
穿过挤成疙瘩的新农村建筑群
农人在可怜的一点空地上种菜养花
我认识丝瓜、扁豆、丹桂、枇杷
后来又认识了秋葵、木樨和薜荔
浑浊小河通往大运河，看上去似乎
还活着，但谁也记不得它的名字了
有人叫他围角河，有人叫他西塘河
还有人叫它徐家桥的那条河
第一天，在河边看到钓鱼的人
他的耐心终于钓到一条小小的鳊鱼
第二天，有人给簇新的油菜苗浇粪
一勺一勺，像我小时候看到的动作
第三天，在河边想起儿时玩伴红鹰
家境贫寒，从小干粗活、重活
九岁溺水死。苦命而好心的她
是否已投胎转世在一户好人家？
第四天，从远方飞来一只白鹭
浊水沐浴，在一棵柳树下整理羽毛
休憩，好奇地望着黯淡下去的水面

第五天，我就要离开了……起风了
秋风吹皱河面，喜鹊在杉树上筑巢
父亲说，今年的巢比去年低了些
说明明年不会有洪水了……

2017 年

兰州的孩子

河上漂来一座城
水，一会儿清，一会儿浑
像昼夜、念想和祷颂
都从大铁桥下流过去了
“黄河之水天上来……”
兰州，来自天上哪个地方？

许多荒芜路已经走过了
乘羊皮筏子的人来到了兰州
踩高跷的人来到了兰州
敲太平鼓的人来到了兰州
唱花儿的人来到了兰州
卖百合的人来到了兰州
开牛肉面馆的人来到了兰州
……
叶舟本是一叶之洲
娜夜原为还乡之夜
也跻身八方人流之中
仿佛他们走过老年、中年和青年
突然变成黄河母亲怀中的孩子

皋兰山上的兰花很快谢了
但水车替他们四季轮转
白塔为他们永恒祝福
因衰老而石化的母亲
慈祥地看着自己的孩子
她的乳房因疼痛
再次流出星光和乳汁

2019 年

太清宫的树

登之者劳，干脆做太清宫一株树
在静止中走了漫长的路
行者逍遥，逍遥的是清净界神仙
大海上吹来的快意雄风

道士的穿墙术废了，交付给
攀缘的凌霄：一位天空丈量者
汉柏、唐榆、宋银杏……
需要一口神水泉，茶树和翠竹
来自南方，流离的植物移民
一个蓝海湾，是北上的极限

既然世情如鬼，与魍魉为伍
还不如去韦小宝的崂山吧
归来的法显携带天竺和西域
用经书佛像，命名新的潮音
说狐高手躲进草庵疾书聊斋
情之至者，可通阴阳两界
花之神、花之鬼可以小说
牡丹和耐冬，轮回到今世

——谁也活不过太清宫一株树！
老子活过了，所以跻身古树异木
望东海、餐紫露、居太虚
与海天混溶，与万物为一

古刹清幽，回应大海的澎湃
崂山嵯峨，仿佛汪洋中蜃楼

2019 年

还乡（选六）

一

三十年后，故乡从东挪到了西……

“许仙的难受，白蛇与螃蟹的难受，
溢出波光涟漪的西湖。”

在冷冰坞，上海来的何教授说：
“修辞之道，以难受为好受。”

回到村里，一百年的老宅已拆
竹园消失，片瓦全无
幸亏，游子还有一具身体可住

“用足够的时间，将魂
丢进沙漠，让躯壳回到江南。”

下沙，铺满湿软疲沓的落叶
传媒的金色银杏……瞬息
仿佛回到九月的可可托海

孤独啊，比雨中的杭城要大

比灯笼般高挂枝头的柚子要小

“不要去惹一个远方回来的
梦游了整整三十年的人！
犁铧锻造成乐器，
利剑已藏进内心……”

二
大雪过后，河水变重了
水银一样晦暗、颤动

白鹭蜻蜓点水般掠过水面
静静落进枯萎的苇丛
压坏的老桑树上
一群麻雀争吵不休

九十岁的邻家娘娘
从雪地里扒拉出青菜
“一场大雪，
被你从新疆带来了。”

本家兄沈健说：
“一个胡人，
又被摁上了三点水。”

三

“梦见你的西域办公室
像遗址，四壁空空，
外面黄沙漫漫……”

“从四壁空空
到现在的内心空空，
隔了八千里路。”

“梦的结尾有了变化，
看见角落里一个沙发，
原来是我正在用的。
——我就把它留在那里了。”

“一张救赎的沙发，
几乎可以用来长眠。
梦里留下了，
就是真的送到了。”

四

雨中
除夕夜

黑色铁佛寺
母亲在病床上受难

在十一楼病房
听雨落雪溪

寺庙播放的佛乐
混合野猫凄切的叫春

诡异、瘆人的除夕
我几乎无力度过这个年关

“尽孝……赶早！”或曰：
“江南给一位游子的下马威。”

五

春笋的鲜嫩配得上
一条咸肉来自腊月的耐心
持久的阴雨之后
白云已在对面山坡上漫步

红柿子到九月就疯长
树身总是不堪重负
摇一摇，让果实滚进深秋
就像你放下一座图书馆的重
开始关心节气和菜蔬

初春之夜依旧料峭

那就围着火炉读诗、饮酒
火光映照一张张亲切的脸庞
而写在炉壁上的一百多个名字
一百多种命运和远方
每添加一块劈柴
就天涯咫尺地拥抱一次

六

螺蛳壳里道场结束了
祖宅已拆，还乡者
还有一具身体可住
春蚕丝尽，化身为蛹
安眠于茧子小宇宙

旧时光统统归于流水
命，在水上漂走
命，在泥里渗漏
河边木船静静朽烂
稻田从不咆哮
桑园在细雨中呼喊

等到萤火虫灯笼
和青蛙合唱团
重新开启年少旅途
老路上石桥已塌

此岸，彼岸

彼岸，此岸

揭谛，揭谛，波罗揭谛

2019年

后 记

这是我时间跨度最长（1990—2019）的一部诗集。

三十年新疆生活后，回到了故乡。这是游子归来吗？落叶归根吗？却更像是异乡人的又一次漂泊。——他乡的异乡人，还是故乡的异乡客？大地的异乡人，还是星际的异乡客？

在江南/西域的不断切换中，我曾视自己是一位“地域分裂症”患者。乐观的时候，或许是拥有“两个故乡”的人，但仔细一想，我离开的西域已不是我的西域，我回来的江南也不是三十年前的江南了。只有这些年走过的路，是我独一的、悲欣交集的路。

异乡人，异乡客，是身上和心头有裂痕的人，像漫游的里尔克在反复追问：“何处，啊，何处才是居处……？”

诗是一个居处，但不仅仅是；诗是一种追问，也不单单是。诗，是歌德所说的从内心导向外部世界的“健康”，是阿米亥的“开·闭·开”。——诗，是澄明与敞开。道法自然，言出法随，词即是道。——诗，更接近中国传统文化中的“道”。

“思无邪”“诗言志”“诗缘情”等古典诗观，对今天的写作依然有效，就像我在1990年代提出的“综合抒情”“混血写作”，对今天的自己仍是激励与鞭策。

写作不是挺住，而是命运的眷顾。一首诗诞生了，世界没有什么改变，但或许，世界已经有所改变。因为，诗是对虚无的反抗，是诗人终于抓住了虚无中的那么一点点光……

感谢续小强、左树涛和北岳文艺出版社，使这部三十年集得以面世。

2020年3月10日于杭州下沙

沈苇

1965 年生于浙江湖州，大学毕业后进疆 30 年。
曾任新疆作协常务副主席、秘书长，《西部》文学杂志主编。

现居杭州。浙江传媒学院教授、中国作协诗歌委员会委员。

获鲁迅文学奖、华语文学传媒大奖、十月文学奖、《诗刊》年度诗歌奖、花地文学榜年度诗歌金奖、刘丽安诗歌奖、柔刚诗歌奖等。作品被译成英、法、俄、日、韩、等 10 多种文字。

代表作品

《在瞬逗留》
《沈苇诗选》
《新疆词典》
《沈苇散文自选集》
《正午的诗神》
《数一数沙吧》
……

有度文化
北岳好书凡

异乡人——沈苇诗集

出品人 | 续小强　　选题策划 | 左树涛　　责任编辑 | 左树涛
复　审 | 席香妮　　终　审 | 古卫红　　书籍设计 | 张永文
印装监制 | 郭　勇　　项目运营 | 有度文化·刘文飞工作室
投稿邮箱 | liuwenfei0223@163.com
微　博 | http://weibo.com/liuwenfei0223　　微信公众号 | txsk2013_